Tombé
du camion

Du même auteur

chez le même éditeur

Le Cantique des carabines

Hope

Onze !

Quelque chose dans le ciel...

Xavier Deutsch

Tombé du camion

Roman

Mijade

Quatrième édition, janvier 2017

Rue de l'Ouvrage, 18
B-5000 Namur
www.mijade.be

Couverture : Schutterstock / montage de Guy Servais.

D/2008/3712/27
ISBN 978-2-874230-07-3

Imprimé en Belgique

À Barthélémy

Que les villes s'allument dans le soir.
Ma journée est faite ; je quitte l'Europe.
L'air marin brûlera mes poumons ;
les climats perdus me tanneront.

RIMBAUD, *Mauvais sang*

Tout à coup la pluie devient brune et tombe contre la forêt dans une déroute magnifique : le vent semble avoir des stocks à liquider.

Les arbres tanguent, on dirait de vieilles femmes, le cul dans un fauteuil à roulettes, qui balanceraient le torse à cause d'une musique ancienne dans le réfectoire du sanatorium. Cela fait s'abattre au sol toute l'eau, et toute la lumière.

Dans ce grand tremblement de l'automne cognant, on rentre ses mains, chacun se retranche, et les hommes franchissant le pas des portes se croient tenus de prononcer une phrase débutant par « Hé bien !... »

Les institutrices allument les lampes dans les classes, les enfants regardent se défaire et se former sur les carreaux les dessins mouillés de la pluie, dont ils garderont l'impression toute leur vie, et les forestiers se réfugient boire un café dans leur jeep.

Seul, un garçon demeure à sa besogne sous la danse : il se tient à genoux dans l'humus, trempé de partout, et penché sur un lacis de petits bois qu'il protège de la pluie. Un instant il relève la tête, cherchant des yeux une palme de sapin, et son visage semble celui qu'on imagine aux parturientes : lissé par le travail et par l'eau, les yeux clairs et les cheveux démis. Quinze ans, non loin de seize, et l'allure d'un jeune fauve aux instincts luisants. Souple comme la rivière, aussi tenace que les noisettes.

Il a trouvé sa branche, et, comme il se mouche dans la manche de son gros pull en laine bleue, il entend venir le sifflement d'un F16 à basse altitude.

Même pas la peine de lever la tête : dans le ciel l'avion pourrait ne passer qu'à cent pieds, on ne le verrait pas plus qu'un ortolan sur le Kilimandjaro. Juste son bruit. Tom compte les secondes : comme les alpinistes, les avions de chasse ne sortent que par deux. Les spéléologues, aussi. Trois secondes. Ils volent proches, se dit Tom, pas prudent au milieu d'un plafond si compact, sans doute ils s'exercent à naviguer aux instruments.

Quelques nuits, si la pleine lune ou le grand vent l'éveille à trois heures du matin, Tom se lève, s'habille, allume la cafetière, sort au jardin. Il reste à penser aux hommes qui ne dorment pas, qui regardent l'heure au cadran lumineux d'un écran de contrôle, se passent de l'eau sur la figure, allument une cigarette, referment les boutons d'un manteau, laissent un téléphone sonner deux fois. Tom songe aux conducteurs des camions sur l'autoroute de Barcelone, aux vétérinaires qu'on appelle pour un vêlage compliqué, aux métallurgistes pratiquant les trois huit, aux strip-teaseuses, au pompiste de Wanlin, sur l'E411, qui se retrouve tout seul devant l'enseigne Total à songer que cela valait mieux lorsque cela s'appelait Fina, et qu'il n'avait pas le sang birman sur sa feuille de paie, aux urgentistes, aux facteurs, aux hommes de garde... À l'officier, son adjoint, ses deux caporaux et ses huit hommes au camp militaire, et qu'on relèverait à huit heures du matin : ils auraient du poids sous les tempes et de l'ankylose dans les jointures, signeraient le registre du dépôt d'armes, et rentreraient se dormir trois heures sans un regard pour la ligne de jour blanc qui passerait entre les rideaux.

Tom pense encore aux hommes dans les prisons, les détenus qui n'arrivent pas à dormir, les gardiens que la fatigue fait bander sans prévenir à minuit, qui se soulagent, et les femmes, dehors, qui bossent pour deux, pour remplir la place de l'humain périmé. On prend tout ce qui vient, quand on est la petite sœur du frère silencieux de la côte, et que l'univers s'est vidé de sa limpidité.

Tom pense encore au gars qui serre les volants de sa rotative sous laquelle roulent tous les journaux du matin, puis au lieutenant qui se grille une quantième clope sur la passerelle d'un cargo de La Rochelle, l'homme de barre silencieux à son côté, par 125° est, 31° nord, et la mer de Chine de toutes parts. Les grands chantiers veloutés de la nuit.

Après cela, après être demeuré le temps qu'il faut dans ce pan de nuit, à songer aux hommes qui veillent, Tom se recouche et se rendort.

Les deux F16 sont passés. Tom, concentré sur son petit échafaudage de hêtre et de sapin qu'il travaille à protéger de l'eau, n'a songé qu'une seconde aux pilotes. Il y a plus urgent. Deux allumettes, gardées dans un mouchoir pour rester sèches, les brindilles, les copeaux de bouleau… Reste à voir si les brindilles prendront – cela devrait aller – puis surtout les petits bois : c'est un peu sur eux que tout repose. Sur l'allumette, la flamme tremble. Tom avance la main lentement, au bon angle. D'un coup les copeaux s'allument, et les brindilles grésillent en lâchant des premières bouffées de vapeur. C'est bon signe : qu'elles se vident de leur eau, qu'elles sèchent, donc elles brûlent. Tom, des deux mains, protège son feu qu'il regarde travailler vers les petits bois, les éclats de hêtre les plus secs qu'il a pu trouver. D'abord deux, puis quatre, les bâtons prennent. Ça gagne, c'est bon, pas trop vite… Les flammes craquent, Tom sent la première chaleur sur ses mains. Il essaie un bâton plus épais, plus humide aussi : on sait qu'il lui faudra du temps, peu importe, le feu est solidifié. La vapeur se barre en courant, et rejoint ses origines. Tom trouve de l'érable, du frêne, du sapin, et ça le fait rire, cet embrasement sous la pluie, qui fait l'Indien, danse en rond, n'a peur de rien.

Il ne posera pas de questions à son feu, et ne retiendra aucune conclusion de ce qu'il vient de faire. Il est assis dans l'humus froid, et regarde les flammes mordre et mâcher ce qu'elles trouvent en lâchant une vapeur pleine de parfums. C'est tout. Tom est sorti de sa maison avant le soir, deux allumettes au fond de la poche, il a marché sur le sentier près de la rivière, il est entré dans le bois, il a choisi le bon lieu puis les bonnes branches une par une, selon leurs couleurs, il y a mis le feu, il s'y est pris adéquatement, la pluie n'a été dans cette histoire qu'une circonstance à contourner, c'est tout, c'est du bonheur à la main, ça ne porte pas de nom.

La pluie n'a pas cessé, elle est seulement devenue plus constante comme si elle se résignait, et le vent est ailleurs.

Peu à peu le soir s'assied dans la forêt, partout, près des arbres, près de Tom, on dirait qu'il a envie de parler à quelqu'un, et le ciel s'épaissit. Le feu est revenu de l'exubérance allumée par une branche de sapin, et désormais ils se tiennent tous les quatre avec une certaine modestie : le soir, le feu, Tom, et la pluie. Ils iront à leur destin, chacun de sa part, mais ce n'est pas urgent. Rien n'est urgent, vis ta vie.

Tom recharge le feu, doucement, pour faire durer ces minutes où les combattants se sont assis, ne luttent plus, et fument ensemble un vieux sirop.

Par le chemin de la rivière et des noisetiers, d'où l'on aperçoit les réverbères de la route, quelques phares de voitures et cet étrange aquarium allumé que fait le bus du TEC en glissant vers Yvoir – en plein jour tout serait différent –, il faut un quart d'heure à Tom pour rejoindre sa maison.

Assis dans la terre éteinte, devant son feu qu'il n'alimentait plus et que la pluie finissait par abasourdir, il avait bientôt senti le froid lui barrer les épaules. Il avait couché le feu et quitté la forêt.

À présent, marcher ne lui donne pas plus chaud. Il est nu sous la laine épaisse de son pull bleu, et sent lui passer dessus les mains d'une sirène, sortie de la rivière. Il aime le ciel humide, quelques degrés sous zéro, le pull mouillé, les mains froides, avoir froid. Il serait comme un renard des eaux du Nord-Ouest.

La pluie a ralenti, puis elle s'est arrêtée : une brume pâle se répand de tous les côtés, comme si elle cherchait des poules endormies à voler. Elle en trouve, on entend le son de glissements éloignés, car il arrive des soirs où certaines légendes se relèvent et marchent.

Tom passe dans le jardin par la barrière du fond, les arbres de son père, les roses de sa mère : on n'en a pas terminé avec le vieux partage des rôles.

Dans le carré lumineux de la cuisine il trouve un jeune homme silencieux appuyé contre le bord d'une table, et qui se redresse au moment où Tom entre, comme s'il se sentait pris en faute. Quel prénom, déjà? Parfois Tom s'y retrouve mal avec les petits amis de sa maman. Celui-ci a une bonne tête, avec un air de s'excuser d'être là. À tous les coups il va refaire le numéro du mec-gentil-qui-sympathise-avec-le-grand-garçon-de-sa-copine, mais Tom dégoupille les stratégies avec simplicité.

– Maman n'est pas là?

– Dans sa chambre, je crois qu'elle se change.

Tom sourit. « Je crois qu'elle se change… » Sans blague!

– Je prépare le souper. Vous mangez avec nous?

Le type aimerait dire à Tom de le tutoyer, il ne doit pas avoir plus de vingt-trois ou vingt-quatre ans, mais il n'arrive qu'à répondre:

– Heu… oui, je crois.

Il croise les bras, cherche une contenance. Il propose à Tom, qui sort une salade du frigo:

– Je peux donner un coup de main?

Le genre de phrase qui évite de choisir entre le « tu » et le « vous ». Il est dans le chemin…

– Pardon.

Bouge devant l'évier, repasse près du frigo, ne sait plus trop où se mettre, voudrait quitter la cuisine mais n'ose pas, et finit par retrouver sa place, une demi-fesse sur le bord de la table. Mais un bruit de pas descend dans l'escalier, d'une porte au fond du couloir, et la jolie maman de Tom entre dans la pièce, les cheveux encore humides de sa douche.

– Bonsoir, mon grand. Ariane a appelé.

– Ariane?

– Je parlais à mon fils, dit la mère en souriant à son jeune type planté près des placards.

– Qu'est-ce qu'elle a dit ?

Tom s'est retourné, deux feuilles de salade dans les mains. Il a les mêmes yeux que sa mère, ou l'inverse, spécialement quand ils se sourient.

– Elle a dit « C'est pas pour cette fois. » Il paraît que tu comprendras.

– Je vais l'appeler.

– Si tu prenais une douche, plutôt. Je termine de préparer le dîner avec Georges, on mange dans un quart d'heure, et tu la rappelles ce soir…

Tom se rapproche d'elle pour passer la porte et, de la façon dont ils se regardent, tous les deux, ça lui donne envie de sourire. Comme il passe devant elle, sa mère lui demande :

– Qu'est-ce qui n'est pas pour cette fois ? Tu me dis ?

– Pas pour cette fois que tu seras grand-mère, murmure Tom à l'oreille de sa maman. On avait peur qu'elle soit enceinte.

– Mh.

– Et toi, ex-future-bonne-maman, continue de murmurer Tom, tu serais gentille de ne pas trop m'appeler « mon grand » devant… Georges.

– Ne te plains pas, ou je t'appelle Poussinet.

Elle sent terriblement bon ! Le shampooing, le gel douche, ou quelque chose de plus somptueux qui serait venu au monde en même temps qu'elle. Sa main passe dans les cheveux de son fils, et elle sourit :

– Toi, tu sens l'eau de pluie, la terre et la fumée ! Tu reviens d'où ?

– Une seule allumette, pas de pétrole et pas de papier, je provoque du feu sous la pluie ! Tu es fière de moi ?

– Très. Mais je n'aime pas trop que tu disparaisses, sans que je sache où tu es.

Georges, absorbé depuis trois minutes dans l'analyse des feuilles de salade, commence à penser qu'il est de trop, mais Tom quitte la cuisine, et tout rentre dans l'ordre. Le jeune homme attire la belle Anne contre lui, et demande :

– Finalement, j'hésite si je te préfère en uniforme ou en civil.

– Goujat. Tu pourrais me préférer quand je ne suis ni en l'un, ni en l'autre.

Ils s'embrassent très cinématographiquement, et leurs mains font ce qu'elles veulent. Puis :

– Tu sais faire une vinaigrette ?

La pluie s'est remise à tomber, avec force, et brosse le Velux dans la chambre de Thibaut juste au-dessus de son lit. Le petit garçon, en pyjama sous sa couette, se tourne vers Tom qui s'est assis au pied du lit, et :

– Il fait chier, le mec de maman.

– Il n'est pas méchant, fait Tom, on a vu pire.

– Il peut être pire, je m'en fous. Seulement, avec les autres, maman venait quand même lire mon histoire.

– Je te la lirai.

– Je ne sais pas où elle a mis le livre, dit Thibaut. Dans sa chambre, ou à la cuisine.

– Attends, je ne peux pas descendre maintenant, répond Tom en faisant de beaux yeux, si ça se trouve, ils baisent en bas !

– Ils ne sont pas sortis ?

– Je ne sais pas, je les entends pas…

– Moi, je trouve qu'ils pourraient le faire quand on est chez papa.

– Ah non ! l'autre, il dirait à maman « j'aaaai enviie de toooi » et maman répondrait « arrête, c'est plus facile qu'on se voie quand les enfants sont chez leur père », autrement dit, nous deux, on dérange ! Et ça m'emmerderait que maman se dise « Enfin la paix » quand on est chez papa !

– Où elle l'a trouvé, ce type ? demande Thibaut

– Je n'en sais rien ! Tu ne trouves pas que ça a l'air con, un mec blond ? Blond, ça ne va qu'aux filles !

– Je m'en fous. Maman t'a dit qu'Ariane a téléphoné ?

– Merde ! je devais la rappeler.

– Après, Tom ! Lis-moi, d'abord.

– C'est « Nils Holgersson », ton histoire ?

– Tu l'as trouvé ?

– Qu'est-ce que maman t'a lu hier ?

– Une histoire où un type et une fille voulaient traverser un lac gelé à la fin de l'hiver mais la glace commence à fondre et les oies viennent les aider.

– « La débâcle des glaces », j'ai trouvé.

Alors, séparés seulement du ciel immense par l'épaisseur d'un toit de tuiles, Tom et son petit frère rejoignent Nils Holgersson et les oies sauvages, en Dalécarlie, où les enfants élèvent de grands bûchers dans les villages. À la Sainte-Valborg, fin avril, on allumera les feux qui brûleront toute la nuit, autour desquels viendront s'asseoir les villageois, les grandes personnes cuiront du café, raconteront des histoires, et l'on apercevra, sur une autre colline, dans un lointain vallon, tout au sommet de la montagne, briller les feux des autres villages. Mais chacun se dira que c'est le sien, le plus grand et le plus beau des feux de la Sainte-Valborg.

Au matin, ciel de craie. La pluie, comme Georges, a disparu pendant la nuit, et les garçons ne l'ont pas entendue s'en aller. À la place descend une bruine froide qui imprègne la compréhension que l'on a des choses, et met à ce point les nerfs à vif qu'elle donne à chacun l'impression de couver la grippe.

La cuisine sent le café, rien de crucial, mais cela dresse un barrage valable contre les découragements. Anne, valable aussi : elle porte son joli uniforme de la police fédérale et grille des toasts pour Tom et Thibaut. Un psy, tendance familles, écrirait des rapports édifiants sur sa capacité à remplir les fonctions maternelle et paternelle de la parentalité, si cela existait. Si ça n'existe pas, le psy l'invente.

– Les garçons, vous préparez vos sacs ? C'est votre père qui vous récupère à l'école ce soir.

– Mais on est jeudi !

– Je suis de PM. Vous serez à Warnant un jour plus tôt. Ça vous ennuie ?

– Non, fait Thibaut. Faut juste que j'oublie pas mon « Nils Holgersson ». Tu me liras encore, Tom ?

– C'est un reproche, Thibaut ?

Anne s'est tournée vers son fils en souriant, mais une ombre lui barre les yeux.

– Oui, maman.

– Il existe des soirs où je peux te lire une histoire, et des soirs où je ne peux pas. Je trouve un peu dur que tu me le reproches.

– Pas un reproche, alors. Toute façon, pas grave, Tom le fera.

Dans le haut du corps de la jeune femme, de l'eau bouge et des ficelles se défont. Elle cherche une réponse à donner qui renoue tout, et dit, en n'étant sûre de rien :

– J'adore ça, Thibaut, te lire des histoires, mais je ne peux pas forcément le faire chaque soir, et parfois ce sera Tom, ou moi, ou les deux. Et toi, bonhomme, tu m'en raconteras aussi. Avec des licornes et des bateaux.

Le visage de Thibaut se plie et se déplie sous le partage des eaux : l'envie de mordre et le désir d'un câlin. Sa fierté, les feux dans la montagne et le grand désordre des glaces au printemps. S'il cherche à tout corroder, ce matin hâve y arrive très bien.

La journée aura lentement passé sous ce régime, flottant, cognant sur les bords de son quai.

Une journée de rues vides, sans courrier, blanche comme un refroidissement.

Sur le dos de la Meuse glissent les éléphants de rivières, menés d'une main lente par les mariniers. Péniches mâles, femelles, et se croisant. Repues de blés, de sables ou d'aluminium. L'ombre de la citadelle a coulé dans le fond de l'eau puis des bateaux la rongent.

Il n'y a plus d'ombres, une pâleur est partout.

Devant la collégiale marche un petit garçon, il porte un bouquet de tulipes à la main, et le ciel le regarde. Trois hommes frappent une locomotive rétive dans le dépôt. Les chiens se retournent à peine, et les arbres ne comprennent pas tout.

Au téléphone, quelque part, une jeune femme répond « Pas ce soir ».

Il faudra qu'un barrage finisse par se rompre, et qu'une chose obscure, dans cette histoire, en vienne à dire son vrai nom.

*

À la Maison communale existe un bureau de l'état civil, dont les radiateurs ont été repeints en vert de gris quelques jours auparavant. Ce matin la chaleur cuit la peinture, et diffuse une odeur vaguement écœurante, mais personne ne songe à ouvrir une fenêtre. Deux fonctionnaires se partagent la pièce. Un homme en bras de chemise rédige sur son ordinateur une liste où figurent les noms de vingt jeunes gens.

Cet homme imprime sa liste, et note sur un post-it: «Pour novembre», puis il tend cette page à sa collègue et lui dit: «Deux copies, Centre médical fédéral, et Police. Tu t'en occupes?».

Le nom de Tom, Tom Renard, figure à la troisième place de cette liste, à la date du 7.

Ce matin le ciel prend du poids, mais on ne sait toujours pas le nom que cela porte.

Les raisons qui font se rejoindre certains êtres relèvent parfois des mystères les plus improbables. À regarder cet homme de cinquante-cinq ans, le front bas, les tempes grises et l'œil éteint, aller comme un bœuf vers son Opel bleue, on se pose presque forcément la question de savoir comment il s'y est pris pour séduire, vingt ans plus tôt, une femme de vingt ans plus jeune que lui.

Rien n'empêcherait de se demander, à l'inverse, comment la jeune fille s'y est prise pour séduire cet homme plus âgé. Mais personne curieusement ne semble se poser cette question-là.

Il attend de se trouver devant sa portière pour fouiller ses poches, sort une clef, l'engage. Pour lui, chaque jour, la vie s'alourdit de quelques sédiments. Il descend la route d'Anhée, longe la Molignée, ce gros ruisseau noir qui, d'avoir gratté la terre depuis mille siècles, a rendu ce vallon si creux, si obscur…

Au moment où la route débouche devant la Meuse, le ciel s'ouvre mais sa grandeur d'âme est plombée par une lumière basaltique et brune qu'on est forcé d'avaler. À cet endroit, c'est devenu machinal, Paul tourne la tête vers Yvoir qu'on n'aperçoit qu'avec de l'imagination, de l'autre côté du fleuve, et songe à la jolie Catherine qu'il a connue dans une histoire d'hôpital et de vodka… Si elle avait voulu ! c'est elle, se dit Paul, qu'il aurait dû épouser. Tout aurait été si lumineux ! Mais il y avait un autre homme, puis des enfants, et la Meuse s'est mise pour toujours entre eux deux.

Il monte avec la route qui monte, et roule doucement. Il allume une cigarette, compte les oiseaux et leur adresse des comptines païennes qui ne veulent rien dire, et la lumière commence à glisser.

Il se demande s'il a pensé à tout : le lait – il n'en boit pas, n'en achète jamais, qu'un vendredi sur deux – pour les Kellogg's du matin, le jus de pamplemousse, la frangipane du goûter. Sa pensée roule quelques mètres en avant de la voiture et, croisant le train de Namur, il songe au mécanicien, à la tête qu'il peut avoir, au journal qu'il trouve sur la table de sa cuisine quand il termine sa journée. Il se rappelle cette histoire que Tom lui a racontée, trois ans plus tôt, d'un prof de son école. De science, ou d'anglais, il ne sait plus. Un gars qui a disparu du collège, un jour, et que tous les élèves ont cru mort. En réalité ce type était fasciné par les trains depuis son enfance. Quelque chose comme le sens du devoir l'avait fait devenir enseignant, mais il courait fourrer son nez dans les gares, les dépôts, les voies de triage à toutes les occasions. Il comptait les trains, les estimait, les regardait s'en aller, revenir. Un jour, n'y tenant plus, il avait passé l'examen de conduite. Il avait quitté le collège avec un bonheur d'enfant, total. Depuis lors il conduisait les trains, et… comment s'appelait-il, déjà ? Pinchant, Pinchart…

En approchant de la ville, Paul ralentit, rétrograde. Sa main trouve du moelleux au passage des rapports, et sans y penser vraiment il se demande quelle tête peut avoir l'ingénieur qui a conçu cette boîte de vitesses. Les images en lui coulent de l'une dans l'autre : la boîte de vitesses, par un détour, lui fait allumer sa radio.

De tous les médias, la radio est le plus miraculeux : quels que soient le jour et l'heure, en l'allumant elle donne à entendre exactement ce à quoi l'on s'attendait le moins, et que l'on avait le plus envie d'écouter. Bruce Springsteen, une chanson des « Têtes Raides » ou la Follia de Corelli. Pour Paul, c'est la voix infiniment consolante de la journaliste Yasmine Boudaka, sur la Première. Rien de plus qu'un radio-guidage, et qu'une info courte sur un réseau de vicinal dans le pays des Collines. Mais la proximité d'une jeune femme dont on entend qu'elle nous veut du bien, de sa voix posée. Paul se demande quelle tête peut avoir Yasmine Boudaka : il l'imagine un peu princière, ayant de somptueux regards silencieux envers toutes choses.

Il en est à ces rêveries, lorsqu'il s'engage sur la rampe menant au collège, au trottoir envahi par une longue ligne d'enfants, et il regarde l'heure à son tableau de bord.

Même de loin, de nuit, dans la foule, son regard trouve d'instinct Tom et Thibaut. À cause d'eux ou de lui, d'une clarté que n'ont pas les autres mômes, ou de son amour qui ne se trompe jamais. Il ne doit plus y avoir qu'eux, au monde, à ne pas trouver que leur père soit un homme triste. La vie noir-et-blanc devient bleue, trois éperviers s'allument, et l'on retournera par la route du haut en écoutant le « Jeu des dictionnaires ».

La lumière, les soirs, les maisons : il n'y a rien de commun entre l'univers du père et celui de la mère de Tom et Thibaut.

Durnal, d'un côté : la jolie maison claire élevée sur le confin des arbres et du plateau. La cuisine américaine, les murs jaunes, l'escalier de pitchpin. Les seuls désordres qu'on y trouverait seraient joyeux, tolérables, presque faits exprès : un numéro de Géo sur les peuples migrateurs, abandonné sous un joli foulard de lin blanc ; des photographies de Tom et Thibaut, ou d'Anne, splendide, en bikini, dans une rivière en Ardèche, et riant ; une paire de baskets.

Anne et Paul avaient fait bâtir cette maison juste avant leur mariage, et toute chose avait suivi son cours : Paul avait planté des chênes et des tilleuls dans le jardin, le soleil s'était levé à l'est chaque matin, Tom avait fini par naître.

Sur l'autre versant, à Warnant, la vie semble être d'une autre couleur. Tom avait huit ans, Thibaut venait de naître à son tour, et leur grand-père était mort doucement, quelques jours avant le prononcé du divorce, aussi Paul s'était-il retourné vers la vieille maison de son père, attachée sur le granit comme une dent. Ici, tout a vingt, quatre-vingts, cent quatre-vingts ans de plus que partout ailleurs. Les arbres noirs, héros de la Résistance, montent une vieille garde – contre quoi ? – en resserrant sur les rochers d'immenses taillis farouches, allant vers l'abbaye, vers la Meuse, vers le camp militaire, vers va-te-faire-foutre, où même la lumière n'entre plus.

Paul a vieilli entre l'escalier de chêne et les murs de pierre bleue. On le dirait parcheminé, comme ses livres, par de vieilles sèches tristesses dont il ne parle pas et, sans doute pour ne pas tout à fait lui lâcher la main, son père et ses aïeux ne l'ont pas quitté. Ils demeurent dans la maison. La mort est une rigolade. Ils dorment au grenier.

Ce soir, comme ils terminent leur gratin de poisson, Paul se tourne vers les garçons :

– Ça ne vous ennuie pas si j'allume la télé ? Juste pour le début du JT.

La télé est plus vieille que Tom, et peine à capter les ondes à cause des têtes de granit au nord de la maison. Le journal s'ouvre sur l'histoire d'une môme de treize mois qui a avalé un bout de verre, planqué dans un pot de Blédina, puis l'a recraché par le bas comme la nature lui a dit de faire. La mère, la gamine, la voisine, la grande scène du huit, tout y passe et Paul se frotte nerveusement le bord de sa mâchoire avec son pouce, comme chaque fois qu'il est énervé. Il donne l'air de frotter un bouton de fièvre, ou de vouloir retirer la croûte sur une cicatrice…

– Cette télé est de plus en plus nulle.

– Qu'est-ce qui est nul ? demande Tom.

Paul réfléchit, comme lorsqu'on a de longues choses à dire, toutes lacées, et qu'on doit trouver le bon ordre. Il dit :

– La dictature du FMI, les conneries de George Bush, les ravages des compagnies pétrolières au Congo, en Birmanie, en Alaska… La planète craque sous le poids des trains fantômes ! et ces crétins ouvrent le JT sur une gamine dont tout le monde se tape.

– Papa, on s'en fout, ne t'énerve pas.

Mais Paul n'a rien dit encore, et ce qu'il pense prend place peu à peu :

– Écoute bien, Tom, les mots qui ont été prononcés. On a entendu parler la mère, la voisine, et la journaliste. La mère a dit que c'est honteux ! Un bout de verre dans un pot de Blédina. Elle est devenue incapable de faire à bouffer pour sa gamine, de cuire elle-même une bouillie de légumes, et elle attend que le monde entier travaille à sa place. À deux doigts de réclamer que les pots de Blédina sans bouts de verre fassent partie des droits de l'homme. Première perte ! Après ça, la voisine : c'est elle qui a conduit la fillette à l'hôpital, et elle crie que c'est honteux ! on n'est pas informés ! on ne sait pas ce qu'on doit faire quand un enfant avale un bout de verre ! Personne ne l'empêche de lire des manuels, de suivre des stages, de passer un brevet de secourisme, mais comme la mère, elle attend que le monde entier travaille à sa place. Deuxième perte ! Après ça, et c'est elle qui m'énerve le plus : la journaliste. Écoute les mots qu'elle prononce : « maman » au lieu de « mère », « bébé » au lieu de « enfant » ou « petite fille » et, mine de rien, tout est là ! En disant « maman » ou « bébé », elle sentimentalise l'info, elle transforme la connaissance en apitoiement, et je trouve ça immonde, répugnant, et malhonnête. Une manipulation abjecte !

– Si grave que ça ?

– Oui, si grave que ça.

De l'autre côté de la table, Thibaut n'est pas sûr de tout comprendre, mais il écoute et cela lui plaît d'entendre expliquer les choses sérieuses. Paul reprend :

– Parce que cela devient un système : à la place de l'info, on nous balance de l'émotion. Tout le temps ! Un coup, c'est la gamine et son bout de verre ; un coup, ce seront dix mômes légèrement intoxiqués par des émanations de chlore dans une piscine, ou les inondations qui toucheront un village, ou quarante fonctionnaires qui feront grève pour obtenir que leur prime de fin d'année leur soit versée en décembre plutôt qu'en janvier. À côté de ça, bon sang ! les grèves générales, à Belgrade, pour faire tomber Milosevic, avaient une autre allure ! Or, l'émotion, c'est valable dans la vie de tous les matins, ou dans « Ally Mc Beal ». Mais dans un JT de service public c'est indéfendable, antidémocratique. Si tu as une bonne tête de victime bien pitoyable, ou que ta môme avale du verre, tu vois débarquer une équipe de télé. Par contre pour une crise réelle, qui concernerait tous les citoyens, mais qui aurait le malheur d'être trop technique, difficile à expliquer en trois minutes, pas émouvante, tu peux toujours courir.

– Mais les gens, dit Tom, ça les intéresse : le bout de verre, les inondations…

– Ils s'y intéressent parce qu'ils sont forcés. On ne leur donne pas grand-chose d'autre. En attendant, ça les infantilise.

– Ça veut dire quoi ?

– On les maintient au niveau d'un enfant, on les empêche de devenir des adultes. Les adultes se font rares, Tom. Cette histoire du bout de verre semble un détail, mais quand tu entends la journaliste : « bébé, maman, caca, popo » tu comprends pourquoi la mère et la voisine parlent comme elles parlent : elles sont de vieilles enfants qui ont fait des enfants qui feront des enfants, et le monde entier retombe en enfance, chloroformé.

– Mais pourquoi ?

– Parce que c'est tellement plus simple ! Ils nous anesthésient par une série de moyens sédatifs qui vont de la coupe du monde de foot aux soldes, en passant par les Feux de l'amour, le lotto, ou ce genre de reportage à la con. Avec du rien, du laid, de l'inepte, ils refont de nous des enfants dociles, des consommateurs obéissants, et ils nous disent « Jouez, bouffez, consommez ! Pour le reste, ne vous tracassez de rien, on s'occupe de tout, et s'il se passe quelque chose on vous avertit ». Alors, c'est sûr, il se passe des choses, et ils nous avertissent : Paraguay-Bulgarie : 0-3 ; et Nokia fait une promo sur sa nouvelle génération de portables… D'ailleurs, tu remarques : écran plat, GSM, Playstation, internet, squad, DVD, des jouets, des jouets, on fourgue des jouets par milliers dans nos pattes, Saint-Nicolas toute l'année, on s'amuse, on dort, et pendant ce temps le FMI, George Bush, TF1, TotalFina, Exxon écrasent la gueule du citoyen. Ça commence comme ça, Tom, ça commence avec le « bébé maman popo » de cette bonne femme, au JT. À tous les coups, en sous-titre, ils indiqueront « la maman », ou simplement son prénom alors qu'elle a près de quarante ans, et de chaque adulte ils refont un enfant. Tu verras, quand tu seras empu…

Il s'interrompt brutalement au milieu de sa phrase. Depuis quelques minutes Paul s'est laissé aller, comme ces hommes qui vivent seul, parlent peu, et s'emportent aussitôt qu'une occasion leur ouvre les portes. Et d'un coup il a pâli. Tom demande, étonné :

– Papa, quand je serai quoi ?…

Paul ne répond pas. Il semble figé, mais son regard flotte, d'abord au hasard, dans le vague, puis il se remet à suivre une ligne, un contour. Il semble un homme tombé à la mer, perdu sous les rouleaux, et qui retrouve peu à peu le sens de la surface.

– Papa ?

Paul est devenu blanc. Il sourit néanmoins, et murmure :

– Oui. Oui, Tom. Nous allons…

Le coup de vieux ! il semble avoir pris vingt ans, d'un coup. Et son pouce, qui roule sur le bord de sa mâchoire comme pour retirer une croûte. Il dit :

– Nous allons… oui. Tom, quel âge as-tu ?

– J'aurai seize ans bientôt, Papa.

– Quel jour ?

Tom est un peu triste, ou inquiet. Il dit :

– Le 7 novembre.

– Et aujourd'hui, on est quel jour ?

– On est jeudi, 11 octobre.

– Alors dans un mois. Même pas un mois. Tu auras seize ans ! Nous allons…

Il se reprend, peu à peu. Les couleurs lui reviennent au visage, il respire, il frotte encore sa mâchoire puis, lorsqu'il s'aperçoit de son geste, il rabat sa main sur la table, et il dit en souriant :

– Nous allons parler d'autres choses, faire du feu, cuire des bananes au citron, et ensuite…

Il redevient silencieux à nouveau, il cherche, et Thibaut prononce lentement :

– Et tu me liras « Nils Holgersson » ?

Paul se tourne vers son petit garçon, et dit :

– Hé non, Thibaut, je ne te lirai pas ton livre. Et tu sais pourquoi ? je l'aime tellement, je l'ai tant lu, que je le connais par cœur, alors je te le raconterai.

Cette nuit Tom dort peu. En écoutant la respiration de son petit frère – comme ils partagent à Warnant la même chambre – il s'imagine être sur sa couchette, dans la cabine d'un navire transatlantique, et voit se profiler de longues images : un vieil homme, je crois que c'est un roi devenu pauvre, assis sur une chaise près de la forêt bleue, regarde passer une fanfare patriotique dont les mélodies le rendent triste et lui donnent du courage, alors le roi devenu pauvre marche derrière la fanfare car il a très envie de voir la mer, et certainement cette fanfare marche vers la mer, parce que le roi devenu pauvre s'est dit qu'il n'est pas nécessaire de posséder une importante fortune pour avoir le droit de marcher derrière une fanfare, même lorsque les enfants du bord de la route le saluent en disant C'est le roi ! et disant Il est devenu pauvre ! et le roi prend toutes les fleurs que les enfants lui donnent et quand il arrive à la mer il dit à la fanfare Voici des fleurs, et la fanfare donne tout l'argent qu'elle a, pour garder les fleurs, de cette façon le roi peut acheter un billet de bateau, car il voulait aller au Congo, et cette nuit ce roi fou dort, dort, en soufflant comme les baleines.

Les yeux grands ouverts, Tom fixe la fenêtre où passent les pâleurs, puis il se retourne vers Thibaut endormi. Dehors on entend le vent qui semble se livrer à de grands déménagements dans la forêt, pendant que tout le monde dort.

Tom pense à sa maman. Comme inspecteur principal, normalement, elle ne devrait pas s'occuper des permanences mobiles. Sans doute y a-t-il eu des hommes malades, du sous-effectif, et elle n'a pas eu le choix. Une PM, c'est deux hommes : avec quel collègue passe-t-elle cette nuit ? Est-ce qu'elle a le droit de dormir un peu ?

Il regarde de nouveau la fenêtre, écoute le vent qui roule en camion à travers la forêt.

Puis, va savoir, il se met à penser que, dans sa chambre, son papa non plus ne dort pas.

Est-ce qu'il fera blanc demain ?

*

Ailleurs une jeune fille ne dort pas, non plus, et regarde le ciel pâle derrière la fenêtre : une petite blessure la fait souffrir, sur le bord gauche de sa mâchoire, et la tient éveillée. Elle pleure d'une peine dont on ne sait pas encore le vrai nom.

Tom se lève. Le vent l'empêche de se rendormir, ou peut-être une autre nature de vent, qui lui cavale d'une épaule dans l'autre.

Il quitte la chambre, et repousse la porte. La maison craque un peu, comme un bateau ; il descend l'escalier, et passe dans la salle à manger où, dans leur cheminée, après le feu, les braises dorment en laissant aller des soupirs.

Tom ne cherche rien. Il serait inexact de dire qu'il a peur : il s'agit d'autre chose. Il pense que cet automne est dangereux. Il ne sait pas pourquoi. Son papa, ce soir, a essayé de lui dire quelque chose, de l'avertir ou de l'aider, mais il s'est arrêté.

Tom n'a pas peur. Mais ce soir son père a blanchi, comme s'il venait de voir un fantôme, pire qu'un fantôme. Cela se passait à cette table, Tom là, Thibaut là, et papa ici.

Un bruit, du côté de l'escalier ! Tom a tourné la tête, il se retient de respirer. « Papa ? » Il a l'impression que sa voix résonne dans la salle à manger, pourtant il murmure à peine. « Papa, c'est toi ? » Rien, si ce n'est le vent derrière la porte.

Tom traverse la longueur de la pièce, il tourne la clef dans la porte noire de l'entrée, il sort et se retrouve d'un seul coup au milieu de ces grands colloques que la nuit entretient avec elle-même. Cela craque de partout, les vents de lune, les ailes d'oiseaux. De vieux parfums sont remontés, les ténèbres montrent leurs mains : trente différentes obscurités, que Tom reconnaît une par une. Comme les soldats, les bûcherons, les marins…

Tom, pas peur, pas froid, marche pieds nus, en pyjama, sur une langue d'herbe noire. Ici rien n'est dangereux, ni l'automne, ni ce bateau : il suffit que l'on sache conduire, et deviner à quel moment descendra la tempête.

Seulement, cette phrase, que papa n'a pas terminée.

Vendredi 12 octobre.

Les moines prient, les boulangers boulangent, et les militaires font danser les avions.

Au Centre médical fédéral, rue du Tabac, le docteur Preudhomme vérifie sur son planning les interventions de la matinée : deux greffes mandibulaires. Ça lui donne largement le temps de boire un café avec Odile. Passant devant la porte ouverte de la salle d'attente il aperçoit ses patients, un jeune homme et une jeune fille, arrivés de bonne heure avec leurs parents. La jeune fille, habillée toute de blanc comme pour sa communion solennelle, chuchote à l'oreille de son père, un homme massif à casquette d'agriculteur. Elle est blonde, et laide.

Dans la cuisine, avec Odile, Preudhomme reste debout, laissant le café passer goutte à goutte dans le percolateur. Vieux médecin reclassé, aux mains jaunes. Elle, la quarantaine, des efforts de soutier pour sembler dix ans de moins : peeling, cheveux peroxydés, string bleu… Elle remplit de café deux de ces tasses blanches qu'on trouve dans le réfectoire des écoles et des monastères, puis se tourne vers un petit placard attaché au mur, où l'on range les boîtes de thé, le sucre, la bouteille de cognac. Le docteur s'approche, avance la main sur le cul d'Odile et lui palpe les fesses à travers le coton de la blouse. Elle se cambre, et Preudhomme vient se coller, bassin contre bassin. Puis, d'une main il se déboutonne, et de l'autre il relève la blouse de coton, écarte le string. Cela se fait par gestes étranges, sans un mot. Odile sent bientôt quelque chose venu de l'arrière se glisser en elle. Penchée en deux, le buste au-dessus de l'évier, elle se retient des mains à la tablette pour ne pas se casser la figure. Le médecin remue deux minutes, puis se retire et se rajuste. Il verse un doigt de cognac dans sa tasse de café, boit lentement. Puis, ayant quitté la cuisine, il se dirige vers la salle d'attente, et demande :

– Mademoiselle Pature Sandrine ?

Dehors, dans la vie, les moines prient. Devant la collégiale marche un petit garçon, il porte un bouquet de tulipes à la main.

En théorie, le jugement a prévu que les parents de Tom et Thibaut se partageraient les gardes, pour ce qui concerne les congés scolaires, par moitiés.

Mais, jeudi soir, Paul n'a pas terminé sa phrase. De vieilles rengaines qu'il avait refoulées, auxquelles il s'était promis de repenser plus tard, quand le temps serait venu, sont ressorties de leur boîte, d'un seul coup. Car, cette fois, le temps est venu !

Auparavant, à l'époque où les garçons étaient encore appelés sous les drapeaux, ils s'efforçaient longtemps de ne pas y penser. Le service militaire barrait leur avenir, au loin, comme un terrible horizon d'anthracite : ils savaient qu'ils y passeraient, que ce serait pénible et mystérieux, alors ils préféraient tenter de vivre en l'oubliant, et regardant d'un autre côté. Un jour, fatalement, malgré les reports et les sursis, les garçons se retrouvaient devant « la chose », et devaient y marcher.

Voilà ce qui venait d'arriver à Paul : « quelque chose » avançait face à Tom, que Tom ne savait pas encore. Qui était revenu d'un coup à la mémoire de Paul. Et il n'avait pas pu terminer sa phrase…

À présent il lui faut trouver les mots, cela devient impératif. Pas pour Tom, pas encore. Mais pour sa mère.

Paul regarde le téléphone depuis dix minutes. Il va le saisir, mais se donne le sursis d'une cigarette qu'il allume en des gestes lents. Il souffle sa fumée, puis s'empare du cornet, et pousse le numéro de son ex-femme. À Durnal, quatre sonneries, cinq… Paul regarde sa montre : quinze heures. Est-ce qu'elle dort, étant relevée de PM ? Est-ce qu'elle…

– Allo ?

– Anne, c'est Paul. Je ne te dérange pas ? Tu dormais ?

– Non non, je… rien. Tu vas bien ?

– Je t'appelle, pour Tom et Thibaut.

– Je t'écoute.

– À propos du congé de la Toussaint. Tu avais des projets pour eux ?

– Rien de précis.

– Cela t'ennuie si on change la garde ? En principe tu les as quatre jours, puis moi quatre jours. Mais je voudrais les emmener quelque part, pour des petites vacances d'une vraie semaine. Alors je prendrais sur tes jours. En retour, tu les aurais au congé de carnaval.

– A priori ça me va. Tu comptes les emmener où ?

– Sans doute en France, en Normandie. Par exemple, je les prends dès le 27 octobre, et je te les rends le 2 novembre, pour que tu les aies le second week-end.

– D'accord, à la limite ça m'arrange.

Il raccroche, libéré d'un poids.

Samedi 20 octobre.

Sur une petite route, longeant la forêt, passent dix soldats de l'armée des États-Unis d'Amérique. Qu'est-ce qu'ils font ? Pour le Yemen, ce n'est pas la bonne route. À moins que, avant d'envahir le Tiers-Monde, ils veuillent commencer par la Belgique, parce que c'est plus près, moins chaud, et qu'il y a de la bière dans les bistrots.

Il en vient d'autres, encore des Américains, sur une colonne que remonte une jeep d'état-major. Tout cela vous a un petit air d'hiver 1944 qui donne envie de siffler Le pont de la rivière Kwaï.

L'après-midi, lumineuse et odorante comme en préparent certaines journées d'automne de la rémission, doit en faire penser plus d'un à ces forêts du New Hampshire ou du Montana. Qui plus est, contrairement aux braves garçons de 1944, ceux-ci ne doutent pas de revoir leurs érables du Montana avant Noël ou Thanksgiving. Et ce n'est pas plus mal.

Derrière eux marchent encore deux sections du peloton B de la 15e compagnie de la brigade paracommando de Flawinne : des Belges ! La FNC sur la poitrine, crosse pliée, ils avalent le raidillon à une allure incroyable.

Tom lève les yeux, cela ne l'étonnerait pas plus que ça de voir siffler des hélicoptères, des F16 ou des Jaguar, mais il n'aperçoit que la traînée de condensation d'un avion de ligne, très haut, presque à sa verticale.

– Tom ?

Une jeune fille émerge de la forêt par un chemin de terre, et rejoint Tom, resté à la lisière pour voir passer les soldats. Grande, fine, ses yeux brillent, et ses cheveux, bruns, très courts, s'échappent dans le plus grand désordre sous le coup de l'effort et de l'eau. Elle porte un collant d'acrylique, un sweat-shirt d'entraînement, et aligne des séries de déboulés sur la longue pente du chemin qui, ayant traversé les taillis, aboutit au bord de la route. Ariane est championne provinciale du huit cents mètres dans sa catégorie.

– Encore cinq séries, Tom, puis on y va.

– Je ne suis pas impatient, je regardais les soldats.

À ce moment paraît une Jeep dans le virage au bas de la route, puis une deuxième, puis des camions militaires : deux MAN, trois Unimog, et encore deux Jeeps. Ils s'approchent, on entend les chauffeurs faire craquer les boîtes de vitesse : ils passent en troisième pour attaquer la pente de la route, et poussent les gaz. Bientôt la Jeep de tête, puis la deuxième, défilent devant Ariane et Tom. Un MAN passe, puis l'autre, et par l'arrière on aperçoit des hommes silencieux.

À leur tour, les trois Unimog. Et de nouveau, dans l'ouverture de l'arrière, à peine garantis par une ridelle basse, Ariane et Tom voient des hommes, qui se tiennent comme ils peuvent parmi les armes et les toiles de tentes.

Soudain, alors que le convoi dépasse le bord de la forêt et qu'il arrive à l'épaule du raidillon, le deuxième Unimog fait un écart : peu de chose, l'affaire d'un rapport qui saute, ou d'un renard qui traverse la route. Mais, surpris, le chauffeur du troisième a pilé, puis aussitôt il remet des gaz, en première. Par la secousse faite au camion, un homme a perdu l'équilibre, a lâché la main courante, tombe comme une masse par-dessus la ridelle ! et s'écrase sur le macadam.

La Jeep, qui suit, n'a que le temps de freiner. L'Unimog s'est arrêté douze mètres plus loin, quelques hommes sont descendus, qui se montrent efficaces et précis auprès du soldat immobile sur la route, déchiré par le choc.

Une trentaine de mètres plus bas, d'où ils se trouvent, Ariane et Tom n'aperçoivent que les Jeeps et les camions sur le bas-côté de la route, un caporal qui manœuvre le racal, sans doute pour appeler une ambulance, et un sergent barbu qui fait signe de ralentir à une Fiat Tipo se dirigeant vers Falaën.

Tom pose sa main dans le dos d'Ariane, juste entre les épaules, et lui dit doucement : « Ne te refroidis pas. » Elle, se tourne vers lui, gonfle ses joues, puis elle demande : « Tu crois qu'il est mort ? »

– Je ne sais pas, répond Tom. Il est tombé d'un mètre et demi, pas de quoi mourir.

– Ça dépend comment tu tombes.

Elle se tourne vers Tom, qui attire la jeune fille contre lui et la serre dans ses bras avec une douceur infinie. Lentement, il pose ses lèvres au bord des yeux d'Ariane, au bord de son front, et dans ses cheveux mouillés. Il murmure :

– Ne te refroidis pas.

– Je n'ai pas froid.

Elle a répondu dans le même souffle, et blottit son visage plus doucement dans l'épaule du garçon.

Derrière eux, la forêt s'est avancée de quelques pas.

Ils rejoignent Falaën par les champs, sous une lumière qui semble un véritable cadeau du soleil d'octobre, et le chemin sent l'humus et la perdrix.

Ariane a noué sur ses épaules les manches d'un pull de Tom, et ils descendent le vallon dans le sentiment que la misère a fini sa route, quelque part, loin d'eux.

Trois tentes SNJ sont dressées sur le terre-plein du village, devant l'église, où s'alignent ces bancs et chaises pliables sur lesquels tous les fêtards de Wallonie ont posé les fesses ne serait-ce qu'une fois, et ces tables légendaires où se sont énumérées les chopes, par dizaines de millions. Au fond de la tente à gauche se tient la pompe à bière, en inox, et dix fûts sur le côté. Un homme, seul, est assis sur une chaise au soleil : il attend le boucher, le brasseur, ou les ouvriers de la commune, et fume une cigarette dont la fumée est transparente.

La maison d'Ariane se situe à peine plus bas, dans la rue Château-Ferme. Une haie de charme, une barrière de fer forgé, la clef dans la porte, la jeune fille glisse son corps lisse, et Tom la regarde passer. Il a besoin de temps pour se sentir à l'aise dans ce monde qui n'est pas le sien, où la lumière n'est pas pareille, où les murs ne parlent pas de la même chose, où l'on ne sait pas ce qu'il y a derrière les portes. On entend des éclats de rire dans le bureau attenant au salon, et Ariane descend les trois marches qui y mènent.

– Ariane, ne rentre pas !

Barbara, sa grande sœur, pianote sur l'ordinateur avec une amie aux cheveux châtains, le regard clair. Ariane s'avance.

– Qu'est-ce que vous faites ?

– On délire sur Internet, alors ne viens PAS regarder…

– Les parents ne sont pas là ?

– Non. Maintenant casse-toi, sérieux…

L'amie de Barbara tourne la tête et, voyant Tom, lui sourit. Ses yeux sont gris, clairs. Un rayon de lumière entre par le jardin et l'on entend, quelque part, monter le son d'une trompette.

Ariane entraîne Tom à l'étage, et lui dit « On se fait une petite sirène ? » Tom est toujours partant, pour une petite sirène… Ils se sourient, s'embrassent au bord du sourire, puis :

– Je commence. Bouge pas.

Ariane, laissant Tom dans le couloir, passe dans la salle de bains, prépare deux grands essuies propres, le flacon de Pantène Pro-V et le gel douche, ôte ses vêtements, puis se glisse dans le coin douche, dont elle allume les eaux. Elle laisse couler sur son corps, deux minutes, sourit en imaginant Tom dans le couloir puis, n'y tenant plus, se met à chanter, presque à hurler :

– Comme les Rois mages, en Galilée, suivaient des yeux l'étoile du berger…

C'est le signal : les grandes eaux, le chant de la sirène… Tom rejoint la salle-de-bains, retire tout ce qu'il porte, puis il ouvre le panneau de la douche et dit à Ariane :

– Mince ! une sirène…

Lui, ça dépend : il est marin d'une galère qui retourne à Ithaque, boucanier de Malaisie, Vasco de Gama, et il passait par là, il a entendu de la lumière…

C'est trop bon, les douches à deux !

*

Ce soir ils dormiront dans le même lit. Avant ça ils auront vu les feux de Falaën, ils auront bu de la bière blonde sous les tentes, et la trompette en aura trouvé d'autres pour faire, de loin, trembler les murs de Jéricho. Ils auront ensemble relu leur souvenir du 17 mars. Et Tom aura dit : « Au congé, mon père nous emmène, Thibaut et moi, en Normandie, je crois. Si tu voulais, Ariane, viens avec nous ? »

Samedi 27 octobre.

Trois heures de route et les plages d'argent. La vie est plus simple qu'on le croit. Il suffit de se lever tôt.

À Warnant le cimetière était à peu près mort à huit heures du matin. Quatre jours plus tard il serait devenu le centre du village, et disparaîtrait sous les couleurs et les ornements, les fleurs arrondies. Mais ce matin du samedi on ne croisait pas âme qui vive. Une pluie fine comme des aiguilles oignait les tombes. Seule, de son côté, la bonne Marie-Thérèse, dans son imperméable d'avant-guerre, ratissait les allées à l'usage des familles. Elle s'était relevée sur son râteau, pour les saluer :

– Bonjour, Paul. Bonjour, les grands.

Thibaut portait les fleurs. Il les avait posées sur cette vieille dalle où figuraient des noms en lettrines de métal :

Pierre-Paul Renard 1868-1941
Joséphine Renard-Chession 1890-1989
Émile Renard 1913-1980
Joseph Renard 1919-1994
Julia Renard-Michaux 1930-1988
Élisabeth Renard 1952-1956

Il s'efforçait de reconstituer ce que son père lui avait appris un jour, de tous ces noms. Pierre-Paul et Joséphine avaient eu deux fils, Émile et Joseph. Émile était resté seul. Joseph avait épousé Julia, dont il avait eu un garçon, Paul, son papa, et une fille, Élisabeth, décédée à quatre ans. Cela impressionnait Thibaut, d'avoir des arrière-grands-parents qui avaient connu le dix-neuvième siècle : peut-être qu'ils auraient pu serrer la main de Napoléon ou de Christophe Colomb !

Tom, en regardant la tombe, se demandait s'il serait enterré là, quand il mourrait. Il ne semblait pas y rester beaucoup de place. Il se disait : « Sans doute Papa sera ici, c'est logique. Mais si on ajoute son nom après Élisabeth Renard il n'y a plus de place pour Thibaut et moi. Alors on ne sera pas enterré avec lui ! Alors on serait avec Maman ? Ou alors Thibaut avec Maman et moi ici ? Trop bizarre ! Sauf si Papa et Maman sont quand même enterrés ensemble, et nous avec eux, logique. Mais si Maman se remarie ? Trop bizarre… »

Paul avait fumé toute une cigarette devant la tombe. Il paraît que ce sont des choses qui ne se font pas mais, pour lui, cela relevait presque du rituel. Souvent, le soir, il fumait avec son père lorsque celui-ci vivait encore, et il devait se dire sans doute aujourd'hui que cela plairait au vieux qu'il continue d'en griller une, même le matin, même sous la pluie, même devant une tête de granit de misère. Il regardait les noms et les dates, et pensait à sa grand-mère, Joséphine, qui avait épousé l'important Pierre-Paul, puis avait traversé deux guerres, connu la mort de son mari, de son fils Émile, de sa petite-fille Élisabeth, et de sa bru Julia, avant de s'en aller, l'avant-veille de son centenaire. Il avait fallu décommander le gâteau, et l'on avait fini par boire la caisse de champagne peu à peu, en quelques années.

Paul souriait en lisant les dates. Un vieil homme du village lui avait dit un jour, en manière de plaisanterie : « Ils ont une manie, chez les Renard, d'épouser des jeunesses ! » C'était un peu vrai ! Vingt-deux ans d'écart d'âge entre Pierre-Paul et Joséphine, onze ans de Joseph à Julia. Et Paul, lui-même…

Il avait achevé sa cigarette au moment où la pluie commençait à s'épaissir. La voiture attendait devant le cimetière, toute prête, avec trois petites valises.

Ils avaient traversé la Meuse, avaient grimpé la haute rampe d'Yvoir, passé devant Purnode et pris l'autoroute à Spontin. Puis au nord.

Thibaut ne s'était rendu compte de rien. Mais, après avoir dépassé Bruxelles, et comme ils roulaient dans la direction d'Anvers, Tom avait demandé à son père :

– On ne va pas en Normandie ?

Paul avait répondu, en souriant :

– Hé non, on ne va pas en Normandie…

Peu de temps après ils traversaient la frontière des Pays-Bas et, roulant toujours au nord, alignant la digue fabuleuse de l'Ijsselmeer, la mer à gauche, la mer à droite, et Thibaut criant de bonheur, ils entraient à midi dans la grande lumière maritime de la province de Frise. La vie est beaucoup plus simple qu'on le croit.

Ils étaient arrivés dans un village côtier nommé Holwert, et Paul avait dit :

– On trouve un bistrot pour manger quelque chose, puis on prend le bateau.

Il ne pleuvait plus depuis Amsterdam, et jamais le ciel n'avait paru si luisant.

– Pourquoi on n'est pas allés en Normandie ?

Paul sourit, réchauffe dans sa main un verre de vieux porto, et répond à Thibaut.

– Tu n'aimes pas cet endroit ?

Après avoir trouvé des pizzas dans un petit restaurant à Holwert, ils avaient pris le bac pour l'île d'Ameland, franchissant les huit kilomètres du Kikkertgat, et avaient posé leurs valises dans une auberge du village de Nes. Puis, ils avaient passé trois grandes heures à regarder la mer, face au vent, sur une dune basse, de bruyères d'argent.

Dans la lumière on a tout de suite faim, et quand elle baisse on obéit aux envies de rentrer. Il est tôt lorsqu'ils rejoignent la salle à manger de l'auberge, où deux hommes s'occupent en silence, face à face, à une autre table, de leurs bols en porcelaine remplis d'une soupe de poisson.

On se salue d'un signe de tête et, quand paraît le patron, un beau Frison à cheveux blancs, la peau travaillée par cinquante années de vent du nord, Paul commande un coca, deux portos, trois plats du jour, de la bière avec les plats, ensuite on verra.

– Si, je trouve ça cool, mais je croyais qu'on irait en Normandie.

– Alors je vais vous dire pourquoi on n'est pas en Normandie. J'ai deux raisons à vous donner : une pour Tom, une pour Thibaut.

Il boit une gorgée de ce porto délectable, profond, et songe qu'il racontera plus tard les histoires des vins du Sud qu'aiment tant les hommes du Nord : histoires de barriques, de bateaux, et de rois d'Angleterre.

– Je commence par laquelle ?

– Celle de Thibaut, dit Tom.

Paul maintenant parle doucement, peut-être parce qu'il devient vieux, ou peut-être parce qu'il se dit que des bonheurs pareils, de se trouver dans une auberge avec ses garçons, d'avoir des choses à leur dire, et d'autres choses à entendre d'eux, et d'avoir six jours pour tout cela, et de boire le même alcool avec Tom, des bonheurs aussi impeccables se respirent lentement.

– Thibaut, l'histoire de Nils Holgersson commence à quelle époque de l'année ?

– Au printemps ?

– Comment le sait-on ?

– Parce que c'est écrit ! Les oies sauvages ont passé l'hiver je-sais-pas-où, et comme c'est le printemps elles reviennent en Suède et Nils va faire le voyage sur leur dos, avec le jars blanc, et la vieille Akka de Kebnekaïse. Ils veulent voler jusqu'en Laponie, pour l'été.

– Exactement. Et ton « je-sais-pas-où », l'endroit où les oies sauvages passent l'hiver, c'est ici.

– Cette île ? fait Thibaut, émerveillé.

– Cette île, quelques autres à l'est et à l'ouest, et quelques littoraux de la même zone.

– Mais ici, en hiver, il va faire caillant !

– Pas si froid. On est sur la côte et le courant Gulf Stream, qui traverse tout l'océan, apporte la chaleur des Caraïbes. De toute façon il ferait bien plus glacial pendant l'hiver en Laponie.

– On les verra ?

– On essaiera. On ira marcher demain du côté de l'île où se groupent les oiseaux.

Là-dessus le patron de l'auberge arrive avec trois assiettes, débordantes et fumantes, de gigots de mouton, de pommes de terre et de haricots. Il baragouine quelques mots dans une langue bizarre pleine de « ej », de « art » et de « um », et finit par « Ha ha ha, hej ! » Quand, étant retourné derrière son bar, il revient avec deux énormes chopes de bière blonde et un verre de coca, sa bonne humeur ne l'a pas quitté, ni son envie de lâcher un bon mot : « Ha, joskilerdamswelbleevneuwelomkrajekookapertenschuulendreebir ! Ne ? Niewer ? Ha ! » Il se tourne vers les deux hommes de l'autre table, et leur fait : « Niewer ? », et l'un des deux hommes s'essuie les lèvres avec sa serviette, et répond : « Toch, enjeweitenzuderscheemloosterw eeninaaltennogaalmepakenpokveniedeneezomol ! Ha ! Dazegik, non ! »

Le patron regagne sa cuisine en rigolant, et Thibaut dit :

– Et pour Tom, c'est quoi ?

– Comment ?

– Pour venir ici et pas en Normandie, tu as dit qu'il y a deux raisons : une pour Tom, une pour moi.

– C'est vrai. Tom, écoute bien. Cette raison va peut-être te sembler obscure. Tu comprendras bientôt quelle est sa valeur. Mes enfants, si je vous ai emmenés ici, c'est parce que…

Il regarde Tom et Thibaut, bien lentement, comme lorsqu'on s'apprête à confier le secret de toute une vie, puis il dit :

–… c'est parce que, ici, personne ne sait que nous y sommes.

Tom et Thibaut ne sont pas sûrs de comprendre. Ils regardent leur père, ils attendent la suite. Il n'y a pas de suite. Au bout de quelques secondes

Tom demande :

– Maman ne sait pas qu'on est ici ?

– Elle nous croit en Normandie.

Paul regarde son fils avec une tendresse réellement infinie, et lui dit :

– Nous sommes pour six jours sur l'île d'Ameland, en Frise, au bord de la mer, il n'y a que nous trois qui le sachions, et cet aubergiste et quelques autres hommes dans ce village, qui s'en foutent comme de huit phoques. Ils sont pour toi, Tom, ces jours. Pour ton…

Sa voix n'a jamais été aussi épaisse, et tendre.

– Pour ton anniversaire.

Il se penche pour attraper un petit paquet au pied de sa chaise.

– Et ceci est aussi pour toi.

Il pose le petit paquet à côté de l'assiette de Tom.

– On mange d'abord ? Tu l'ouvres ensuite.

– C'est mal me connaître !

Tom, radieux, écarte lentement le papier qui emballe son cadeau, d'où émerge une boîte en carton, qu'il ouvre. Il en sort un petit appareil photo, magnifique, et Thibaut s'exclame :

– Cool !

Tom, fou de joie, se lève, contourne la table et embrasse son vieux père.

– Il te plaît ?

– Papa ! Il est trop bien. On l'essaiera demain, je ferai plein de photos, de vous deux, et de la mer, et…

– Et de Akka de Kebnekaïse !

Pour prendre part à tout cela, les deux hommes de l'autre table ont tourné leurs chaises, et le patron s'est planté au milieu de la salle, se croisant les bras. Ils sourient, et font ce commentaire bienveillant :

– Wa ?

– Tesinmujoploosaandijongmaaverniôvanmurgin ! Wa ?

– Zûger.

Paul sait presque tout, mais pas tout.

Il sait le nom de certaines îles, de certains oiseaux, et que l'automne est faste au Waddenzee pour quiconque aime voir les migrateurs tourner autour de la Terre. Il connaît, pour les avoir lues affichées sur le kiosque où l'on délivrait les billets du bateau, l'heure et l'ampleur des marées, le prix de la location des bicyclettes sur l'île d'Ameland, et, dans toute sa science, on relève bien des connaissances nécessaires, bien des connaissances inutiles, et bien d'autres dont il est impossible de savoir si elles sont nécessaires ou inutiles.

Il dit que, par exemple, tous ces débris de bois qu'on trouve sur les grèves du nord de l'île sont venus parfois de loin, même de Norvège, même d'Islande ! amenés par les courants. Même, tombés des bateaux.

Thibaut, depuis dix minutes, joue avec une branche qu'il a ramassée quelque part, dont il se sert comme d'une épée, d'une lance à couper le vent, et qu'il compte à tout prix ramener dans sa maison.

– Alors mon bois vient peut-être de Norvège ?

– Même d'Amérique, ou de plus loin.

Paul raconte qu'à une certaine époque les habitants des îles s'entendaient avec certains capitaines des bateaux qui chargeaient les bois en Indonésie pour les conduire à Hambourg ou dans les ports de la Baltique. À certains endroits les habitants allumaient un signal, sans doute des grands feux, et le capitaine balançait des paquets de bois précieux dans la mer, que les courants déposaient sur les plages. Aux patrons de sa compagnie, le capitaine disait « Oh, on a eu des tempêtes, du bois est tombé dans l'eau. » Mais les habitants revendaient le bois qu'ils avaient trouvé : du bois qu'on trouve sur une plage, on a le droit, il n'appartient à personne ! Après, ils partageaient les bénéfices avec les capitaines.

– Pas con. Sauf que moi, mon bâton, je le revendrai pas.

– Ce soir, dit Tom, on fera un feu ! Oui ? Sur la plage, avec les bois qu'on trouvera : il y en a plein ! Oui ?

– Je ne sais pas si on a le droit, dit Paul.

– Allez, Papa, on s'en fout ! On le fera ?

– Oui, mais il y a d'autres histoires. Ici, je ne sais pas. Mais en Irlande, et en Angleterre, tu avais des bandits qui allumaient des feux immenses en haut des falaises, la nuit. Sur les bateaux qui revenaient d'Afrique, des Antilles, ou d'Amérique du Nord, les marins croyaient voir des phares qui leur donnaient la bonne route. Ils ne se méfiaient pas, mais au lieu d'entrer dans un port ils allaient écraser leurs bateaux sur des récifs invisibles, ou le pied des falaises. Les bandits n'avaient plus qu'à descendre, liquider les marins qui n'étaient pas morts dans l'accident, et ramasser la marchandise. Alors tu imagines, si on fait un feu, et qu'un pétrolier de 36 000 tonnes nous fonce dessus !

– Ça donne envie d'essayer ! On vote ? Thibaut et moi, on est d'accord, ça fait deux voix contre une.

– Pas du tout ! Je suis trois fois plus vieux que vous, donc j'ai trois voix à moi tout seul.

En ce temps-là toute la mer est au bord de l'eau.

La Terre s'appuie sur son Capricorne, l'hiver change de pôle, et tout ce qui porte un nom sur cette planète s'attend à le voir bientôt prononcé dans une autre langue.

Les phoques se glissent sous la haute coque de l'eau blême, passent dans l'écume comme un rideau, et trouvent un long littoral peuplé de lumière et d'oiseaux.

Avec les autres îles, plus grandes qu'elle, de Texel à Schiermonnikoog, Ameland semble avoir été posée comme un sac de sable sur les hauts fonds pour défendre la Frise contre les tempêtes en mers du Nord et de Wadden. Sur elle, comme sur chaque rivage jusqu'au Danemark, abordent les migrateurs par peuples.

Déjà cent mille tadornes de Belon, deux cent mille huîtriers-pies venus de Russie, de Scanie ou du Groenland, ont pris pied sur l'île de Knechtsand en Allemagne dans l'estuaire de la Weser, pour l'escale ou pour l'hiver.

Ils n'emportent rien, que les réserves de force et la connaissance des routes. Nombre d'entre eux sont déjà passés, le cap sur la Bretagne ou la Galice, et d'autres se répartissent encore sur les îles frisonnes du Schleswig-Holstein où les observent des régiments d'ornithologues munis de jumelles à très longue portée, de carnets de notes, et d'appareils photographiques surdimensionnés.

Cela fait partie de ce que Paul sait. Probablement, s'il a choisi Ameland, était-ce pour la tranquillité, loin de la foule de ces observateurs presque professionnels qui, plus au nord, rejoignent dès le matin leur abri ou leur creux de lande, s'y tiennent tout le jour, ne prononcent que trois paroles à voix basse, et ne parlent entre eux, lorsque le soleil se couche, que du frai en eau froide, et de la troisième rémige des barges à queue noire.

Tom, le livre de son père dans les mains, regarde les branches et les épaves de bois flottant, quelques planches que la mer a poussées sur la grève, à la ligne de marée haute. Mais lorsque Thibaut, les yeux dans les jumelles, décrit ce qu'il voit, il retourne dans les pages du livre.

– On dirait que c'est comme des mouettes, c'est blanc, sauf qu'ils ont le haut de la tête noir.

– Tu peux voir la queue ? Si elles ont la queue avec une fourche, comme des hirondelles…

– Oui, ça se divise, deux longues piques.

– Le corps blanc, mais gris au-dessus ?

– Oui.

– Alors ce sont des sternes arctiques, dit Tom, le nez sur une page.

– Montre ?

Thibaut regarde, si les sternes de la grève ressemblent à celles du livre. Il lit quelques lignes, puis reprend ses jumelles.

On croirait que ce bout d'île est vraiment le bout de la Terre, et que derrière il n'y a plus rien. Les sternes viennent dire que ce n'est pas exact, et qu'il existe encore plein de choses de l'autre côté du bout de la Terre.

– Et maintenant, comme des pigeons, mais ils ne ressemblent pas aux pigeons, seulement la grandeur. Il y en a plein ! C'est roux en-dessous, et des fines pattes.

– Et gris au-dessus ?

– Bof… un peu gris et un peu roux, et un bec long. Ils sont debout dans les flaques près de la mer, au moins… je sais pas, des milliers !

– Alors, des bécasseaux maubèches, sûrement. Tu ne vois rien qui serait plus grand, comme des oies ou des canards ?

Paul et Tom regardent aussi le rivage, de loin, à l'œil nu. Ils savent bien que les sternes ne viennent rien dire du tout de ce qui existe de l'autre côté de quoi que ce soit. Les sternes ne jouent les messagères de personne, et rien ne les concerne d'autre que leurs itinéraires et les vents qu'elles y trouveront.

Aujourd'hui la rafale est si forte que le ciel a blanchi, et que la mer s'écrase.

– Non, j'en vois pas.

Du livre, Tom lit ce qu'il trouve sur le bécasseau maubèche qui, venu du Pôle Nord ou du Canada, n'ira pas plus loin que l'île d'Ameland. Puis il se tourne vers son père, et lui demande :

– Comment est-ce qu'ils savent tout ça ?

– Comment ils savent quoi ?

– Tous ces détails. Par exemple, le bécasseau maubèche qui vit en été au Canada vient chercher l'hiver en Europe alors que ce serait plus facile pour lui de descendre au sud des États-Unis. Mais que, s'il passe par le Groenland, c'est pour être fidèle aux routes que ses ancêtres avaient tracées quand ils habitaient encore en Islande ou au Groenland avant de reculer vers le Canada. Comment ils savent ça ?

– Par des recherches, je suppose, des observations, des hypothèses qu'on prouve en retrouvant de vieilles traces. Il y a des métiers qui s'occupent de ça. On bague des oiseaux, on les retrouve, on note les itinéraires. On a même fixé des petites balises sur le dos de quelques cigognes, pour vérifier où elles iraient, par satellites.

Tom ne baisse pas la tête ni les yeux face au

vent. Il réfléchit un instant puis il dit à son père, avec lenteur :

– Je trouve ça dégueulasse.

– Quoi ?

– Attacher des balises dans le dos des cigognes. C'est dégueulasse. Pourquoi pas des caméras, encore ? Et qu'on note les heures où elles vont pisser... Pourquoi on ne peut pas leur foutre la paix ?

Paul respire à fond. Ses yeux s'éclairent, un sourire profond le rend beau. Pour vérifier, pour en être sûr, il ajoute :

– Les scientifiques te diront que c'est pour le bien des cigognes. Qu'on les protégera mieux si on les connaît mieux, elles et leurs routes.

– Je serais à la place des cigognes, dit encore Tom, je n'apprécierais pas. Aux scientifiques, je leur dirais : j'aime mieux vivre dix ans libre et sans caméra, que cinquante ans avec une balise dans le dos. Et quoi encore ?

Ce doit être le vent : il y a des larmes qui débordent, dans les yeux de Paul, quand il ajoute :

– Ici, Tom, pas de balises et pas de caméras. Nous nous trouvons tous les trois sur l'île d'Ameland, et personne d'autre ne sait que nous nous y trouvons. Ils nous croient tous en Normandie.

Tom, dont le visage assombri s'ouvre d'un coup à cette idée, regarde le large, le ciel, les bruyères d'Ameland, puis son père. Tom sourit, comme si...

– Un phoque !

Thibaut, sans quitter une seconde ses jumelles, crie :

– Je vous jure ! Dans les rochers noirs, il a bougé, c'est comme un gros sac... Je vois un PHOQUE ! Il bouge encore, il part pas !

Paul dit :

– Allons voir, mais parle moins fort.

À cet endroit le sentier s'est dissous dans une steppe d'herbes cuites par le sel, qui penche vers la mer. Tom a sorti son appareil photo de sa poche, et tous trois se dirigent en silence vers ce tertre de rochers gris où Thibaut a vu son phoque. Le petit garçon marche en tête, son bâton dans la main gauche, et les jumelles contre sa poitrine, pendues à son cou par une lanière. Tous les quatre pas il se retourne, un sourire lui barrant le visage d'une oreille à l'autre, et il fait « Chut ».

Le phoque est là : étendu à quinze mètres, dans les roches, comme s'il dormait au milieu d'une colonie de limicoles. Le vent, du large, porte les odeurs et les sons vers l'île, ce qui aide à s'approcher Thibaut, Tom et leur père.

Il doit rester une douzaine de mètres. Sans dire un mot, Tom fait signe à Thibaut de s'avancer vers le phoque, seul, pendant qu'il reste en arrière avec son père, et qu'il fera une photo.

Lentement, comme s'il jouait à « Un, deux, trois, piano », Thibaut marche vers le phoque. À chaque pas, il s'immobilise. Fait un pas de plus. De tout petits pas silencieux. Un mètre, un pas de plus…

Il ne s'est rien passé, le vent n'a pas retourné sa veste, la mer n'a rien dit, les limicoles ne l'ont pas alerté, mais le phoque, lentement, quitte le creux de son rocher, rampe d'un mètre, et se glisse comme une anguille sous le remous blanc de la marée montante.

Thibaut, petit prince, lui fait comme un signe, de la main.

Sur le bord nord d'Ameland brille ce soir-là, si pas le plus grand, certainement le plus ardent feu de l'automne. De copeaux et de brindilles, de ces branches que la mer a portées, de planches cassées, de bruyère, il flambe en dépit du vent et de l'embrun, face à la mer toute grise où la nuit s'est allongée.

À peine si s'en étonnent les compagnies de sternes et de bécasseaux. Pourtant, des huit anges du ciel qui croisent cette nuit à hauteur du 53e parallèle, cinq l'attestent : le feu d'Ameland brûle avec plus de cœur que les ports de Brême et Rotterdam réunis, avec leurs fanaux et leurs incendies.

Quelques pétroliers passent au large, aucun ne s'échoue. Tom est, un peu, déçu.

*

La même nuit, quatre cents kilomètres au sud, sonnent le tremblement de feux gris et les cubes d'enceintes à la vitesse des bpm. Il y a là comme trente panthères, et qui dansent.

Rien ne brûle, si ce n'est les enfants blêmes aux yeux blancs qui choisissent leurs commotions derrière l'ombre des jardins : la vodka-citron, le vacarme au sang sourd, trois narines de poppers. On s'encalmine, on se ramone. On se défait des nœuds qui nous retiennent, et l'on rejoint les fleuves du fond.

Trois garçons, qui la cernent, consomment une jeune sportive aux airs d'évanouie, et lui lèchent la bouche tour à tour. Lesquels ont seize ans ? lesquels pas ?

Ce serait comme une termitière désorganisée : la danse règne, et les cognements font loi.

D'autres se mouillent dans le ramdam, font le singe et le serpent. La bière blonde traverse des forêts tropicales.

Deux filles aux yeux de Bacardi ont grimpé sur une table, écartant les cendriers saturés. Elles sont nues, pour l'éclat, n'ayant gardé que leurs minuscules culottes, strings de coton, l'un jaune et l'autre blanc. Les mains ouvertes, les cheveux courts et les seins droits, elles dansent dans le drap noir des cadences, face à face, reines de vingt garçons !

Elles semblent sœurs, longues et hardies. L'une est brune, championne provinciale du 800 mètres. L'autre se nomme Élodie.

Le vendredi 2 novembre.

Les routes du retour sont les plus silencieuses, peut-être parce que chacun met de l'ordre dans les petits cartons à chaussures de la mémoire, et commence à y ranger les images qu'il décide d'y garder.

Il pleut sur l'autoroute, toutes les voitures ont allumé leurs phares, poussant devant elles des bouffées de lueur blanchâtre. Paul conduit doucement, Tom regarde par la vitre les camions que l'on croise ou que l'on dépasse – sans doute la plupart rejoignent-ils ou s'éloignent-ils de Rotterdam –, et Thibaut épluche l'écorce de son bâton. Sans le dire, ils repensent tous trois aux mêmes images : les jolies chambres de l'auberge, au mobilier de bouleau ; le petit avion venu se poser sur l'île mercredi ; les deux hommes qui prenaient leur repas chaque soir à la même table, et qui avaient fini par indiquer à Paul, moitié en anglais, moitié dans un dialecte intermédiaire au frison, un lieu de la lande où paissaient des bernaches et des oies sauvages ; et le patron de l'auberge, avec ses commentaires incompréhensibles et joyeux qui n'attendaient pas de réponses ; et le phoque, et le feu…

Quitter les jours bleus d'Ameland et reprendre place dans le calendrier des vendredis ordinaires est une fatalité qui se pratique doucement, kilomètre par kilomètre, à laquelle viennent en aide les balises connues, la couleur des plaques d'autoroute aussitôt que l'on rentre en Belgique, les mots « Brussel », puis « Wallonie terre d'accueil » peu avant Wavre sur l'E411, et, si on allume la radio, le journal parlé de Tom Goldschmidt, les jingles, la voix rassurante de Yasmine Boudaka… Histoire de savoir ce qui s'est passé en notre absence, que rien n'a changé, que le pays nous a attendus. La mise en cause d'un fonctionnaire de l'AFSSA, un procès à la cour d'assises de Liège, une déclaration de Louis Michel : liturgie de l'office quotidien.

Il faut au moins cela pour ne désespérer de rien.

Les vacances finissent au viaduc de Beez : derrière la Meuse recommence la vie que l'on aperçoit tous les jours, dont les invisibles gardiens nous rappellent que notre place dans le parking porte le numéro cent dix-sept, et que la journée commence à huit heures.

Sur la petite route qui mène à Durnal, Paul avance doucement, la poitrine prise d'une envie de pleurer. Il jette un coup d'œil à Thibaut dans le rétroviseur, tourne la tête vers Tom, et sourit pour donner le change.

Il lui reste à prendre le chemin de gauche, et à ranger la voiture en face de la maison d'Anne. Lorsque Tom referme la portière, il lève les yeux vers le ciel que traumatise un vent de tous les diables. Pas le même que sur Ameland. Ici les choses tiennent du règlement de comptes.

Thibaut a sauté au cou de sa mère, venue à la rencontre de ses fils et de Paul. Elle porte un jean, un ample pull bleu qui appartient à Tom.

– On a vu des phoques ! et les mêmes oies sauvages que dans « Nils Holgersson »…

– Des phoques en Normandie ?

– On n'était pas en Normandie ! On est allés sur une île !

Anne se tourne vers Paul avec étonnement, et prononce simplement :

– Ah ? tiens…

Elle embrasse Tom, et lui demande en souriant :

– Tu as l'air fatigué.

– Un peu. Sûrement le vent.

– Ariane n'est pas là ? Elle ne devait pas vous accompagner ?

– Je le lui avais proposé, mais elle n'a pas pu. Elle avait une course, en salle, jeudi, je crois.

Il faut reconnecter peu à peu, prononcer des paroles compatibles, au prix de quoi les engourdissements se briseront, et toute chose retrouvera son latin.

– Et toi, Maman, tu as travaillé toute la semaine ?

– Pas toute la semaine, non, j'ai passé trois jours avec un ami.

Elle n'a répondu qu'à demi, avec une imperceptible hésitation, comme pour dire à Tom : « Je te raconterai si tu veux, mais pas devant ton père. »

Dans la grande cuisine claire, elle prépare une casserole de lait chaud et, se tournant vers Paul, lui propose :

– Tu veux une tasse de café ?

C'est une invitation de pure forme, d'ailleurs Paul refuse d'un geste de la main :

– Merci, mais je ne m'attarde pas. Des tas de choses à ranger, qui m'attendent.

Il s'avance vers Thibaut, et l'embrasse :

– Prends soin de Baba, et fais gaffe qu'il ne

morde personne.

« Baba », c'est le bâton. Depuis qu'il l'a ramassé sur la bruyère à Ameland, Thibaut ne l'a quasiment lâché que pour dormir ou manger.

Tom regarde son père : les yeux marrons dans les yeux gris, du vent passe dans les uns, et de la bruine dans les autres.

– Merci, Papa. C'était trop bien, mieux que bien !

Anne s'est détournée vers sa casserole de lait, par discrétion. De toute façon, dans trois minutes…

Et ce n'est pas en trois minutes que Tom et son père pourraient se dire ce qu'il leur reste à se dire. Alors on marche au plus court :

– À bientôt, Tom. Que tout aille bien.

Sur le bord de l'allée, où elle reconduit Paul, Anne lui demande :

– Tu n'oublies pas, pour mercredi ?

– Mercredi ?

– L'anniversaire de ton fils ! ajoute-t-elle, impatiente et agacée.

– Non non, bien sûr, je n'oublie pas.

– Pour le médecin, Tom a rendez-vous samedi.

– Ça va. Ça m'est égal, dit Paul d'un air absent.

– Tu ne lui as rien dit ? Au moins tu ne lui as pas tourné la tête avec tes idées saugrenues ?

– Il n'est pas au courant, on n'en a pas du tout parlé.

Ce n'est plus de la lassitude, mais de l'accablement qui se lit sur le visage de Paul. Il cherche dans sa poche une clef, ouvre la portière de sa voiture et, sans ajouter un mot, il s'installe au volant, referme la portière, démarre, et s'éloigne doucement sur la route qui rejoint Dorinne.

À Purnode il s'arrêtera une demi-heure au «Café de la Place», où, tandis que les habitués bavarderont comme font parfois les rivières entre elles, il boira deux Gauloise ambrées en fumant une cigarette.

Puis il regagnera sans hâte sa maison, où dorment les ancêtres, sur les lits du grenier.

Dimanche 4 novembre.

Non loin de la collégiale marche un petit garçon, des tulipes jaunes à la main ; deux chiens le croisent, et de grandes eaux vont leur route vers le nord, insoucieuses du nom que les hommes leur ont donné.

Une vieille dame s'est arrêtée au bord de la Meuse. Elle examine avec minutie l'appareil photographique que, de crainte de le lâcher, elle tient de ses deux mains. Elle murmure, pour elle seule :

– Le bouton blanc. Ça fait qu'ainsi…

Ariane et Tom, face à elle, prennent la pose, et la vieille dame, après avoir encore observé longuement l'appareil, le lève devant son visage et, presque sans viser, appuie sur le déclencheur.

– Vous voulez bien en faire une deuxième ? dit Tom.

Mais la vieille dame, sans attendre, appuie une deuxième, une troisième fois. Cela paraît lui plaire.

– Merci, Madame !

C'est le grand jour des photographes ! Ailleurs, d'autres hommes et des femmes doivent être au moins deux cents à marcher dans les marais séchés de la vie grande ouverte, et même regarder les mains de la mort. Diane Arbus en Louisiane, Marina Cox en Herzégovine, et Joseph Koudelka sur trois montagnes qui dominent le Danube, au loin : ils voient les Gitans, les arbres tombés, les brasiers dans la colline et les feux mal éteints.

Bonnes bottines, bons yeux, faire travailler les appareils photographiques.

Après cela, par milliers de milliers, la nation de ceux qui s'éparpillent sur la Terre entière, cadrent une plaine, deux chiens, trois enfants, et créent un éclat de la vie du monde sur papier brillant : dix centimètres sur quinze, un trentième de seconde. Son petit clou dans la planche de cèdre.

Toutes les photographies des photographes de la planète, si on les collectionne…

Devant le ciel, devant le feu, devant le soir, et juste son épaule, Tom a cadré Ariane dix fois depuis hier, pour plus tard, pour ne rien perdre, pour quand il sera parti dans le pays où la terre est bleue et l'eau, lente.

– Mardi, je dors chez toi ?

– Oui ! qu'on fasse l'amour jusqu'à minuit et que tu aies seize ans contre mes seins.

– On fera d'autres photos ?

– Peut-être. La vie est pleine de surprises.

Le mercredi 7 novembre.

On dira ce qu'on veut, on dansera sur la tête, on rejoindra Saint-Jacques-de-Compostelle à genoux, les anniversaires ont le dernier mot. Aux femmes qui les redoutent, aux garçons qui les comptabilisent, ils opposent leur tranquillité, leur obstination sans artifice, et cette façon de greffier qu'ils ont de revenir à date fixe épingler une cocarde sur une page du calendrier, puis de passer de la même allure.

Qu'on les regarde en jours de drame ou jours de fête, ils avancent comme des chevaux-sapeurs attelés à de grands chariots, les yeux devant eux.

Lorsque Paul est arrivé à dix-huit heures, Anne est allée au devant de lui, et l'on a entendu le bruit de quelques paroles hâtives dans l'entrée, finissant par la voix de Paul :

– Ça va, je t'ai dit, ça va…

Dehors, le ciel comptait sur la présomption d'innocence. Il avait la face grise et des plaques brunes et l'on songeait qu'un démon plus grand que lui devait sans doute lui peser dans la nuque.

Dans la cuisine, où Thibaut a dressé une jolie table de fête, serviettes grenat, trois bouteilles, assiettes blanches et bleues, Paul arrive comme une silhouette hors-contexte, avec sa dégaine d'opprimé permanent, sa tête de chien triste. Il sourit tout de même, mais on voit qu'il lui en coûte.

– Papa ! on t'attendait pour ouvrir les chips, dit Thibaut.

Anne a le visage tendu. Paul l'énerve. Il lui a fallu tout l'héroïsme des mères irréprochables pour faire monter ce poids mort à la table d'anniversaire de son garçon. Mais cela fait tellement plaisir à Tom.

Elle prend sur elle, sourit en regardant Thibaut vider un paquet de chipitos dans une assiette creuse, et s'éloigne vers le frigo pour sortir une bouteille qu'elle tend à Paul en disant :

– Tu l'ouvres ?

– Du champagne ! fait Tom. Maman, je me marie pas ! je ne suis pas nommé à l'ONU ! c'est juste mon an-ni-ver-saire.

– Pas n'importe quel anniversaire, mon grand.

Elle saisit une enveloppe posée sur la table entre deux assiettes, l'agite lentement devant son doux visage comme un éventail, et dit :

– Une loi stipule que tu deviens un adulte, à seize ans.

Tom la regarde et sourit, l'air étonné. Comme Paul tourne la tête d'un autre côté, Anne tend l'enveloppe à son fils :

– Bon anniversaire, Tom. Et bienvenue dans la cour des grands.

Tom, intrigué, ouvre l'enveloppe, en retire une lettre pliée en trois, la lit, puis il lève les yeux vers sa mère, vers son père :

– Je ne comprends pas.

– C'est une convocation, pour samedi matin, au Centre médical fédéral : tu vas te faire empuceler. Petite formalité pour ton entrée dans l'âge adulte.

– Empuceler ?

– Cela prend dix minutes. Une anesthésie locale, une petite coupure sous le visage et… tu deviens un homme.

Tom sourit de plus en plus fort et comprend de moins en moins.

– Une coupure ? Je vais me faire couper ?

Anne s'est tournée vers Paul qui fait semblant de ne rien entendre, absorbé par la bouteille de champagne, et lui dit :

– Tu t'en sors ?

– Maman, qui c'est qui va couper Tom ?

– Attends, Thibaut. Paul, tu t'en sors ?

– J'aimerais bien que tu m'expliques ! On va me faire quoi, samedi ?

– Ça va, Paul, laisse cette bouteille pour le moment. J'aimerais que tu sois là pour que ton fils…

– Maman, pourquoi ils vont couper Tom ?

– Ils ne vont pas vraiment le couper. Juste une piqûre pour endormir, puis une entaille sur la… Paul ! s'il-te-plaît… D'accord, tu nous sers une coupe, on s'assied, j'explique.

– Je peux avoir du champagne ?

– Un tout petit peu, Thibaut, juste pour goûter.

Tom relit sa convocation, comme pour y trouver les explications que ses parents ne lui donnent pas : « … en application… loi du… vous présenter… novembre à 10 heures… muni de la présente… greffe mandibulaire… »

Paul s'est assis, un peu à l'écart. Il tient une coupe à la main et, cette fois, il regarde son fils. Anne a servi un verre de coca à Thibaut, puis elle dit :

– Voilà.

Elle sourit. Anne est terriblement jolie quand elle sourit.

– Voilà, Tom. Samedi, au Centre médical fédéral, un médecin va te faire une toute petite incision, et te greffer une minuscule puce de silicium dans l'os de la mâchoire.

– …

– Attends, je continue. Sur cette puce, d'à peine quatre millimètres carrés, deux fonctions. D'un côté, un micro-processeur qui stockera des centaines d'informations qui te concernent : ton numéro de registre national, ton numéro de compte en banque, des données médicales… Et de l'autre côté, une minuscule balise Galileo qui permet, grâce à un système de satellites, de savoir où tu te trouves, à tout moment.

– C'est quoi, ce délire ?

Tom a pâli. On voit qu'il hésite. Il pense que c'est une blague ? Il regarde son père, mais Paul baisse les yeux.

– Maman, ce n'est pas sérieux.

– Laisse-moi terminer, Tom. On t'implante cette puce – c'est pour ça qu'on parle de t'empuceler –, tu la gardes jusqu'à ta mort, et cela te facilite la vie dans des proportions incroyables ! Toutes les informations contenues dans la mémoire du micro-processeur sont lisibles par un scanner : tu vas chez ton médecin, il passe le crayon-lecteur sur la puce, et d'un coup il a tout ton dossier sous les yeux ; tu entres dans n'importe quel magasin, et tu paies d'un simple coup de scanner sur ta mâchoire, puisque tu as une carte de crédit intégrée. Plus besoin de portefeuille, plus de carte d'identité, plus rien. Et, si tu disparais, ou si d'horrrrribles bandits veulent t'enlever, hop !, on actionne la recherche Galileo, et le satellite te retrouve, où que tu sois. Même mort. Pendant que tu es en vie, ce sont les minuscules courants électriques produits par ton système nerveux qui alimentent la balise. Après ta mort, c'est l'énergie dégagée par la décomposition chimique de ton organisme. Merveilleux, non ?

Tom est pétrifié. Il ne trouve absolument rien à répondre à cela. Il balbutie :

– Mais… ça existe vraiment ?

– Oui, Tom, ça existe vraiment.

C'est Paul. Il a parlé doucement, très doucement. Il a levé les yeux sur son fils, et son visage a la même couleur que la mer du Nord. Et Tom, tout aussi doucement, lui répond :

– Peut-être que ça existe vraiment, Papa, mais je ne veux pas.

Et, comme Paul baisse les yeux à nouveau, Anne reprend :

– Je comprends que cela puisse te sembler étrange, mon grand, mais c'est un progrès fabuleux ! fabuleux !

– Maman, je ne veux pas, c'est tout.

– Tu n'as pas le choix, Tom. Il y a cinq ans, le Parlement européen a voté cette loi : dès qu'ils atteignent l'âge de seize ans, tous les citoyens de l'Union se soumettent à la greffe mandibulaire. C'est obligatoire.

– Maman, je ne veux pas, je refuse.

– Tu n'as pas le choix, Tom. Personne n'aime payer ses impôts, mais on les paie tout de même. Quand une loi existe, on lui obéit.

– Non. Je regrette, Maman, je refuse.

– Ne fais pas ton rebelle. Quand le service militaire existait encore, tu avais beau dire « je refuse », les gendarmes finissaient par venir te chercher, et te conduire sous les drapeaux.

– Tu le ferais ? Si on te disait de le faire, tu viendrais me prendre de force dans ta camionnette avec deux policiers ?

Anne, troublée, replace une mèche de cheveux qui lui glisse sur le front :

– Tu verras, cela prend dix minutes : une petite piqûre, une incision, on te place la puce, on referme, deux points de suture. Aucune trace.

– Ce n'est pas le problème, c'est pas ça. Je refuse, c'est tout, d'avoir une carte d'identité, une carte de banque ou je ne sais pas quoi, à l'intérieur de mon corps. Et je refuse que les satellites aient le droit de savoir où je me trouve, où je dors, où je me balade… Vous en avez une, vous deux ?

– Moi, oui, répond Anne. Mais pas ton père. Lorsque le Parlement a voté la loi, les médecins ont dit que les personnes de plus de cinquante ans étaient dispensées : ils craignaient des risques de rejet.

– Alors ce sera pareil pour moi : je fais un rejet.

Anne se tourne vers Paul, d'un air de reproche, et celui-ci écarte les mains comme pour dire « Non non non non, je ne lui ai parlé de rien… »

Lui, Paul, semble avoir retrouvé des couleurs, et il lève son visage paisible devant ses garçons. Puis il prononce doucement :

– Vous comprenez maintenant, Tom et Thibaut, pourquoi je vous disais ce qu'il y avait de si précieux sur l'île de… sur notre île ? Que, là-bas, personne ne savait que nous y étions.

Un paquet de cigarettes, une carte routière de la Belgique, une clef à purger les radiateurs, une plaque de chocolat, un bloc de feuilles quadrillées, trois dés, un crayon, une lettre administrative de la Province de Namur, un verre dans lequel a été bu du vin rouge, un harmonica, un « Kid Paddle » appartenant à Thibaut, une tasse de café en train de refroidir, un essuie à vaisselle, un sucre, un porte-clefs avec une petite tortue, les miettes d'une tartine du midi, « Maigret et la jeune morte », une bougie, deux briquets, un roman russe, une écharpe, un ticket de parking, un cahier, un paquet de beurre, une cuiller, trois cailloux, un cendrier.

La soirée, en définitive, a rejoint le lit de son cours ancien pour couler sa route, comme les fleuves conventionnels vers la mer qui les attend. Chacun a joué le jeu des jours d'anniversaire et de leurs lois tacites, retirant ses couteaux. La soirée s'est faite belle. Anne a rangé pour plus tard les raisons de faire obéir Tom aux injonctions, Tom a gardé son « Je refuse » pour quand il sera temps, et Paul a donné trois heures de congé aux tourments de sa conscience.

Les trois heures ayant passé, il a regagné sa maison noire. Il fume une cigarette en silence, à la table de la salle à manger. Nul ne sait quelles pensées le traversent ou l'habitent. Il est immobile sur une chaise. Il a ce geste de la main droite : la cigarette entre deux doigts, et le pouce qui appuie sur le bord de sa mâchoire.

Dehors sonnent les clairons de novembre et la pluie qui passe au galop. De grands oiseaux doivent dormir, la tête sous l'aile.

Tom et sa mère, ces jours-là, se comportent l'un envers l'autre comme des joueurs d'échecs avant la partie. Tous deux connaissent à peu de choses près la conduite qu'ils tiendront mais ils n'en disent pas un mot, ils évitent peut-être même d'y penser. Aussi, puisque cette partie ne doit avoir lieu que samedi, se donnent-ils tout ce qu'ils peuvent d'authentique amitié.

Anne compte sur la sagesse des inerties, les révoltes qui s'apaisent en dormant quelques nuits. C'est mal connaître son fils. Tom, d'emblée, a adopté cette évidence : « Je refuse ! » comme aussi naturelle que le ciel qu'on respire, il l'a rivetée contre son cœur, et ne songe à laisser aucune contrainte avoir raison d'elle. Il n'en parle pas, simplement, parce que ce n'est pas la peine d'en parler. Il se doute plus ou moins que son évidence cognera contre quelque chose un matin, et qu'il faudra bien convenir d'une stratégie pour se tirer de cela : une résistance, un évitement… Il a le temps d'y penser, d'ailleurs il y pense, mais ça ne fait pas de bruit.

Vendredi soir, voyant sa mère ovale sur un divan, occupée à lire, il s'allonge contre elle, comme n'ont plus le droit de faire les hommes à seize ans. Il l'embrasse sur les lèvres puis se loge dans ses bras, contre ses seins. Anne l'embrasse, elle aussi, dans les cheveux, sur les yeux, qu'il ferme, et sur la bouche comme un amant.

Samedi, le 10 novembre.

Tom s'est levé bien plus tôt que n'importe quel autre samedi matin et, empochant son appareil photographique et quelques allumettes, il a refermé la porte sans bruit, a traversé la route et s'est enfoncé au loin dans la forêt de Durnal.

Plus tard, à l'heure de voir le soleil se lever, il se rendra compte que c'est un matin à avoir les yeux au ciel et inventer des formes aux nuages.

Tous les événements, dépourvus d'imagination, accompliront ce qu'on leur a dit de faire: les trains rouleront, les rivières couleront.

Dans la vallée, rue du Tabac, le docteur Preudhomme vérifiera le planning des interventions, baisera Odile, avalera son café, puis il pratiquera les trois greffes mandibulaires de la matinée – le planning en prévoyait quatre : il remplira le formulaire du cas d'absence au nom de Tom Renard –, et s'occupera d'une jeune fille très belle et muette, dont la pathologie ne répond à rien de connu dans la littérature médicale.

Les pêcheurs pêcheront, le soleil fera le tour de la Terre, et la sirène portera six couronnes.

*

Au plus profond de la forêt de Durnal, Tom construit sept feux, les ordonne de façon à ce qu'ils dessinent un chariot avec son timon, et les nomme: Dubhé, Mérak, Phécda, Mégrez, Alioth,

Mizar et Alkaïd. Il mesure la ligne de Mérak à Dubhé, la prolonge cinq fois derrière Dubhé, dresse un huitième feu à cet endroit et le nomme la belle Étoile. Ce huitième feu désigne le nord.

Tout le jour il les alimente de branches grises et de coudrier.

*

Lorsque, sur le coup de dix-huit heures, ayant quitté les feux de son Ourse, il remonte vers le village et qu'il pousse la porte de la cuisine, c'est pour trouver sa mère assise, seule dans la lumière, sur une chaise de fer et de plastique. Elle est silencieuse, et semble terriblement lasse, et triste, les yeux comme devenus gris.

Tom voudrait lui dire : « Voilà, c'est tout, c'est fini, pas plus difficile que cela. »

Elle répondrait : « Ne te leurre pas, Tom, rien n'est terminé. »

Il dirait alors : « Je t'assure, ne sois pas triste. Tout cela ne mérite pas que tu sois triste. Déjà rien n'est simple, mais tout devient dur si cela te rend triste », et il serait triste aussi.

Elle ne saurait plus quoi répondre.

Il aurait envie de la rejoindre comme hier, mais que ce soit lui qui la prenne dans ses bras, la tranquillise et lui caresse les cheveux.

Mais la chaise est trop petite, plus petite que le divan d'hier. Il faudrait qu'elle se lève.

Elle ne se lève pas. Elle a le visage blême, et les yeux incroyablement devenus gris.

À son retour de l'école, mardi, Tom trouve une lettre à son nom :

Monsieur,

Ayant constaté votre absence à répondre ce 10 novembre à 10 heures à la convocation 1037/0711 du 7 novembre, nous vous enjoignons à rejoindre le Centre médical fédéral sis rue du Tabac n° 17 ce mercredi 14 novembre à 14 heures, en application de la loi du...

À défaut de quoi nous serions...

Signé : Tastignard L., inspecteur fédéral de médecine civile.

Ils sont rapides sur la balle, se dit Tom.

Le lendemain vers une heure et demie, Anne débarrasse la table du repas, et dit avec autant de naturel que possible :

– Il va être l'heure, Tom, je te conduis.

– Non, maman.

– Si tu comptes y aller à vélo, ne traîne pas, tu as rendez-vous à deux heures.

– Non, maman. Ni à vélo, ni rien.

Le jour où elles pondent un môme, toutes les femmes de la Terre savent plus ou moins que de telles histoires finissent par avoir lieu, mais rien ne les en dissuade : elles feront d'autres enfants encore.

Aujourd'hui Anne donnerait cher pour que Tom ait trois ans de plus ou trois ans de moins. Elle n'a aucune idée de ce qu'il faut répondre à ce « Non, je n'y vais pas ». Elle n'a, simplement, jamais imaginé ce genre de cas, le rejet d'une loi si anodine, et jamais dans sa vie de policier elle n'a dû faire plier quelqu'un qui aurait refusé de s'y soumettre. Qu'est-ce qui pourrait marcher, devant Tom ? l'intimidation ? la colère ? la persuasion ?

– Écoute, maman. Cette loi dit que, à seize ans, je suis un homme adulte ? D'accord. Donc je suis un homme adulte. Ta puce de silicium dans la mâchoire ne m'intéresse pas. Je la refuse. C'est mon problème. Je suis un homme adulte. Laisse-moi faire.

– On ne fait pas tout ce qu'on veut, Tom. Et devenir un homme adulte c'est aussi accepter les contraintes de la vie des hommes adultes.

– Les contraintes normales, je veux bien. Mais ton empucelage n'est pas une contrainte normale. Je la refuse.

– Cela ne sera pas si facile. Tu ne pourras pas y échapper en décidant, simplement, que tu la refuses. Ils te rattraperont.

– Qui ça ?

– Eux. Tu verras.

– D'accord, je verrai. En attendant, j'ai seize ans et sept jours, pas un gramme de silicium dans l'os, et je suis un homme libre.

Sur le plan cosmique, les journées constituent des entités objectives ayant toutes la même valeur et la même durée, alignées côte à côte, où même les météores ne produisent qu'une écume anecdotique sans conséquence sur le grand cours des choses.

Viennent les humains, les journées prennent de la valeur et du sens. En fonction d'un coup de téléphone, d'un dossier que l'on boucle, ou d'un ouragan sur le Guatemala, on dira : belle journée, ou blême, ou creuse, ou le plus beau jour de ma vie.

Tom disait que, s'il se retrouvait en face d'une voyante dans sa tente en velours, et qu'il n'avait le droit de lui poser que deux questions, il ne lui demanderait pas « Deviendrai-je riche ? » ou « À quelle heure est-ce que je vais mourir ? » ou « Quel est le prénom de la femme de ma vie ? » Mais il demanderait :

– Le plus beau jour de ma vie, est-ce que je l'ai déjà vécu ? ou est-ce qu'il me reste à le vivre ? Ne me dites rien d'autre, pas de date. Juste ceci : déjà vécu, ou pas encore.

Et :

– Le pire jour de ma vie, est-ce que je l'ai déjà connu ? ou est-ce qu'il me reste à le connaître ?

Les deux derniers jours de la semaine ne semblent devoir être pour Tom ni les pires ni les meilleurs de sa vie. Plutôt des journées suspendues, en attente, où rien ne se passe d'autre que les faits ordinaires.

Il devine que des mécaniques travaillent à son insu, des coups de fil, des procédures qui le concernent mais qu'on lui dissimule. Il repense aux mots de sa mère : « Ils te rattraperont », et, derrière le fond des journées, l'école, les couloirs, le café, l'interro de math, la radio, il entend le travail des hommes qui s'occupent de lui.

Il n'a pas la moindre idée de ce qui serait utile pour éloigner cette menace qui s'organise, ou pour l'éteindre. Ce qu'il trouve tout à fait désagréable, seulement, c'est l'idée que des policiers prononcent son prénom quelque part, dans un bureau gris : ça le contrarie comme une main sur son épaule, ça le salit !

Mais pour ce qui est de sa stratégie, pas de stratégie. Rien d'autre que se cramponner à quelques mots : « Non, c'est tout, je refuse, et vos médecins ne me toucheront pas. »

*

Quelques femmes depuis Andromaque et la Vierge Marie ont acquis de grandes patiences et des capacités de résistance au tourment. Les unes s'assoient, les autres déchirent leur tunique et le ciel de leurs sanglots, ou glissent une arme contre leur sein chaud.

Anne a parlé deux heures au téléphone avec Paul, puis elle s'est donné une longue, longue douche et, juste avant de récupérer les garçons à l'école, elle a acheté un filet de biche, de la crème, des champignons, du vin rouge. Il faut apprêter les repas d'automne, et que règnent les fêtes les plus douces.

Vendredi, le 16 novembre, chez leur père.

– Toi, tu crois qu'ils me prendront ?

– J'ignore tout à fait ce qui va se passer.

– Mais ils auraient le droit de me chercher de force ?

À la grande table de Warnant, Tom, Paul et Thibaut ont fini de souper. Ils coupent une à une des petites pommes sucrées, qu'ils mangent en même temps que des noix fraîches, et Paul et Tom finissent à leur aise une bouteille de Moinette.

– Je pense bien qu'ils en ont le droit ! Ils sont devenus fous. Tout s'est accéléré depuis quatre ou cinq ans, les compagnies s'impatientent…

– Quelles compagnies ?

– D'après toi, Tom, qui est-ce qui détient le pouvoir sur notre planète ?

– Les hommes politiques, je suppose, le gouvernement.

– Ce serait trop beau. Au moins les ministres sont-ils nommés en proportion de la majorité que le citoyen a choisie, en allant voter. Mais ça ne marche pas comme ça. Une poignée de compagnies prennent les décisions les plus importantes, au plan mondial, et les politiciens obéissent, ou font ce qu'ils peuvent avec les bribes de pouvoir que les compagnies leur ont laissées.

– Mais quelles compagnies ?

– Des banques, des assurances, des multinationales pharmaceutiques, pétrolières, agro-alimentaires… Quand la firme Exxon dit à George Bush :

« N'oublie pas que tu as été élu avec notre pognon, alors maintenant tu vas envahir l'Afghanistan pour protéger nos intérêts liés au pétrole de la mer Caspienne, et taper sur la gueule des Irakiens pour pas se laisser emmerder dans le golfe Persique », George Bush obéit, et il envoie l'armée des États-Unis d'Amérique, payée par le contribuable. Les compagnies jouent de milliers de méthodes, même sans avoir l'air d'y toucher. Par exemple, si le gouvernement veut décider qu'il y a trop de voitures, que ça pollue, que ça réchauffe le climat, et qu'il faut voter une loi de soutien aux transports en commun, tu auras tout de suite trois ou quatre députés de la majorité qui diront : « Hé, faut pas déconner avec les bagnoles ! Moi, je suis élu dans un patelin où se trouve une usine Ford, et si on fait passer une loi anti-voitures c'est clair que les gens ne voteront plus pour moi, et on perdra la majorité », alors on laisse tomber le projet de loi, et les autos agrandissent leur règne en même temps que le pouvoir des industriels. Ces histoires-là ne sont pas nouvelles, seulement elles commencent à couvrir la Terre entière, à cavaler à travers tout, à corroder l'âme humaine. En France, plus de la moitié des organes de presse, la télé, les journaux, les radios, est entre les mains de quelques patrons qui ne rêvent que de plier l'information dans le sens de leurs intérêts. En Belgique, la plupart des livres que tu trouves en librairie sont distribués par deux firmes : Vivendi d'un côté ; et Dilibel, du groupe Hachette, c'est-à-dire Lagardère, de l'autre. Donc la diffusion du savoir, du bonheur, de l'indépendance d'esprit, est contrôlée par un marchand de flotte et un marchand de canons, qui font absolument ce qu'ils veulent, soutiennent les livres qui leur conviennent, et entravent ceux qui ne leur conviennent pas. Et le jeu des fusions-acquisitions pourrait même mettre tout ce pouvoir entre les mains d'un seul homme : Lagardère.

– Mais pourquoi ils font ça ?

– Pour remplacer la politique démocratique, où tout le monde participe à la vie commune, par l'économie libérale, où les patrons nous imposent d'acheter ceci ou de bouffer cela. Remplacer le citoyen par un consommateur. Et contrôler les désirs et les besoins d'un maximum de gens, pour que plus personne ne puisse échapper à leurs mains immenses. On aboutit à laisser venir un fascisme à l'état liquide, invisible, incolore, effrayant.

– Les politiciens laissent faire ça ?

– Certains chefs d'État guignols, comme Chirac, Bush ou Berlusconi, n'ont jamais rien fait d'autre que de mettre la politique au service de leurs amis industriels. Ils existent, ceux qui se mouillent pour que cela change. Mais la majorité, pas vraiment malhonnête, n'a que sa faiblesse pour répondre aux stratégies des grandes compagnies. Ceux-là font ce qu'ils peuvent, rédigent parfois de bons textes, ou votent, d'autres fois, des lois dégueulasses. Comme celle de l'empucelage.

– Ben, mince !

– On s'en ouvre une autre ? dit Paul en relevant la bouteille de Moinette, vide.

Tout le temps que son père a parlé, Thibaut n'a rien dit, pas bronché. Il a écouté, le menton sur les mains.

Comme Paul revient, avec une deuxième bouteille, Tom demande :

– Moi, si je ne veux pas de leur puce, d'abord c'est parce que je refuse qu'ils me touchent. Je n'aime pas ça. Et aussi parce que je ne leur permets pas de me suivre partout, de savoir où je me trouve tout le temps. Bientôt ils mettront des caméras dans toutes les rues et dans toutes les maisons ?

– Ils y pensent. Déjà, grâce aux cartes de banque, cartes de crédit, cartes de fidélité dans les grands magasins, ils connaissent les détails de ta vie, ce que tu achètes le plus souvent, tes habitudes, le niveau de tes revenus. Et, d'une firme à l'autre, ils ne se gênent pas pour se revendre les infos sur ta vie privée. Avec l'empucelage, ça passe au stade industriel. Un coup de crayon lecteur, et… hop ! Tu cherches un travail ? Ton soi-disant futur patron te répond : « Oh, monsieur, je vois que vous avez encore acheté quatre bouteilles de whisky la semaine dernière ! » ou bien « Oh, monsieur, je vois dans votre dossier médical que vous faites de l'hypertension », et il refuse de t'engager. Ou bien, si tu veux louer un appartement, ton soi-disant futur propriétaire te dira « Oh, monsieur, je ne crois pas que le niveau de votre compte en banque vous permet de louer mon appartement » ou bien « Oh mais comment ? vous avez fait un mois et demi de prison ? » et tu peux te chercher un autre appartement, et tu chercheras longtemps. Avec les capteurs, ils arriveront à savoir quelle chaîne de télé tu regardes, quelles émissions. Ils vérifieront pour qui tu votes, ils contrôleront la vitesse à laquelle tu roules en suivant ta balise par satellite, en continu.

– Maman disait que c'était fait pour nous faciliter la vie !

– Ta mère est inspecteur principal de la police fédérale.

– Et toi, Papa, tu dis quoi ? Tu dis que j'ai raison de ne pas vouloir ?

Paul tire une Belga de son paquet, et l'allume en des gestes lents. La première bouffée de cigarette n'a pas la même valeur que celles qui suivront : elle a une fonction plus technique, d'amorce, comme les premiers centimètres du rouleau de pellicule dans un appareil-photo.

Dehors le ciel pèse et maraude, comme un grand chien qui serait blanc, noir ou gris en fonction de l'époque et de la journée, un œil d'or, un œil d'argent.

– Ce serait commode de pouvoir te répondre simplement « oui » ou « non ».

Il a ce geste de certains soirs : la cigarette entre deux doigts et le pouce appuyé sur la mâchoire.

– Cette greffe mandibulaire me fait horreur comme à toi. Mais elle a été votée par un Parlement démocratique. On ne peut pas, dans l'arsenal des lois, garder celles qui nous conviennent et rejeter celles qui nous déplaisent. Tu imagines, les gens diraient : « Les feux rouges, d'accord, je les respecte. Les limitations de vitesse m'ennuient, je fais ce que je veux. »

Il tire sur sa cigarette et regarde son verre de bière.

– Il faut qu'une loi se montre totalement dégueulasse, pour qu'on ait le devoir de ne pas la respecter. Quand la loi ordonne : « Dénoncez les Juifs », c'est obligé, tu désobéis.

– Mais pour cette loi-ci ? demande Tom. Par exemple, si quelqu'un vient me chercher de force, tu l'aides pour qu'il m'attrape ? ou tu m'aides pour qu'il ne m'attrape pas ?

La cigarette achève sa courte vie, la tête écrasée dans un joli cendrier d'argile où nagent des poissons parmi des soleils : un vrai bel objet que Thibaut a façonné, qu'il a cuit, peint et verni, pour offrir à son papa, un an plus tôt.

– Je crois que les choses ne se passent pas comme ça, Tom.

– Réponds-moi quand même, des fois qu'elles se passeraient comme ça, sans t'avoir averti.

Paul en allume une autre.

– Je t'aiderais, pour qu'ils te prennent pas.

Sauf que c'est Thibaut qui vient de répondre.

Une migraine terrible empoigne Tom sur le coup de cinq heures du matin. Dans son demi-sommeil, sans avoir encore pleinement conscience de ce qui l'entoure, il sent de grandes marées venues sous les os de son crâne, et des nausées qui lui remontent de la poitrine jusqu'à la bouche. Il n'ouvre pas les yeux, songeant peut-être que le mal se dissiperait de lui-même s'il pouvait se rendormir. Mais la douleur devient plus forte, et Tom n'a pas d'autre choix que de la sentir prendre place en lui, de l'entendre grandir et faire son travail de douleur.

Tom se tourne lentement, cherche une position qui donnera moins de prise à la migraine, et trouve du répit en s'allongeant sur le dos. Sa chambre, autour de lui, fait un aquarium mouillé par l'eau bleue de la lune, dans lequel Thibaut respire en dormant.

Tom laisse glisser dans sa migraine des idées de toutes sortes qu'il n'essaie pas de retenir, comme des rêves à demi.

Si, quelques heures plus tard, on lui avait demandé si, dans ce moment, il avait gardé les yeux ouverts ou fermés, il aurait été en peine de répondre.

Il se voit face à Laurie, une fille de sa classe dont le sourire le fascine, et s'efforçant de lui expliquer que ce n'est pas de sa faute, qu'il est obligé à cause d'une très vieille promesse, mais Laurie ne semble pas comprendre, elle dit « Ce n'est pas mon jour», et Tom voudrait qu'elle sourie à nouveau, mais il ne peut tout de même pas laisser aller toutes les fourmis sur son oreiller! Il se demande s'il est amoureux de Laurie, cette idée lui plaît, mais il est sûr qu'Ariane appellerait la police, et Tom réfléchit à ce qu'il dirait à la police: «Je n'ai pas touché Laurie, j'ai seulement pensé à elle, j'aime quand elle sourit! Comment faites-vous pour savoir ce que j'ai pensé de Laurie?» Et la police répond: «Vous êtes comme ça, nous le savons bien, nous avons retrouvé d'autres histoires où vous aviez pensé à d'autres jeunes filles nommées Lucie, Bérénice, Anne, Aurélie…» Tom dit «Anne, c'est ma maman!» La police répond «Justement!» et les caméras de la télévision, qui sont venues pour tout raconter, regardent Tom qui, ne sachant plus ce qu'il peut répondre, semble soudain coupable d'avoir causé les crimes les plus graves, par exemple d'avoir entraîné le naufrage d'un pétrolier au large de l'Écosse, mais Tom s'écrie «Mais franchement le pétrolier c'est pas moi!» et les juges lui disent «Ah! vous voyez bien» et Laurie a beau venir témoigner que ce n'est pas grave pour elle si Tom lui a dit qu'il a rêvé d'elle, peine perdue, le journaliste de TF1 lui répond: «Vous ne vous rendez pas compte à quel point c'est grave!» et Tom, comprenant que les gens diront de lui «C'est très grave!», qu'il risque la prison, et même de passer à «Cartes sur table», répond que ce n'est pas de sa faute, qu'il a mal à la tête, puis il s'enfuit juste avant de se faire visiter pour toujours par un autre prisonnier.

Sous la mer du Nord flottent l'image des risques anciens et les poutres désarrimées glissant leurs vies de poutres.

Mais la douleur et un fort besoin de pisser retiennent Tom dans les eaux pénibles, en dehors des grandes réparations du sommeil. Il voudrait ne pas bouger, dormir, et que cela s'en aille. La marée pousse en haut de lui de si vastes nausées qu'il finit par se lever tout de même. Il regarde l'heure au radio-réveil de Thibaut et, en économisant ses gestes pour agiter le moins possible en lui ce lourd bassin de la migraine, il franchit le palier à petits pas, pousse la porte des toilettes et se soulage. Puis, dans la salle de bains, se passe de l'eau fraîche sur le visage. Il respire, avale deux Dafalgan, descend à la cuisine et se force à manger une tartine : sans quoi, les cachets n'agiraient pas.

Il remonte, se glisse dans le chaud de sa couette, et reste une minute à écouter en lui la migraine se retirer, comme la mer, avec une lenteur étrange. Un jour, se dit Tom, j'essaierai de savoir le nom de cette femme ou de cet homme qui a inventé la molécule du paracétamol, et je lui allumerai des bougies.

Une demi-seconde avant de se rendormir pour de bon, il voit encore Laurie à côté de son lit : elle lui sourit, et lui passe une main fraîche sur le front.

Comme il s'éveille, vers huit heures, Tom se sent la tête encore lourde, mais il sait qu'il n'aura plus aussi mal que cette nuit. Et qu'avec deux autres Dafalgan, une tasse de café, et en prenant garde, comme lui disait sa grand-mère, à « faire tout doucement », sa journée sera libérée de la migraine.

Il ne se lèvera pas trop vite, reste dans son lit un moment parce qu'il a le droit, que c'est samedi, et que de longues fatigues le quittent. Il regarde l'aube mauve par la fenêtre, entend une voix d'homme en-dessous de lui, dans la salle à manger, puis se retourne, et referme les yeux en se blottissant dans la couette. Des minutes pareilles devraient durer des heures et toutes les misères abdiqueraient dans le monde l'une après l'autre c omme des fleurs fanées. Le soldat russe foutrait la paix au Tchétchène s'il dormait de vraies nuits, et…

En bas, d'autres voix d'hommes. Soudain Thibaut débarque dans la chambre comme un 6 juin, le visage blanc de peur ! Il dit :

– Tom !

Thibaut parle bas, puis à toute allure :

– Tom, je veux pas qu'ils te prennent !

Tom s'est levé. Très vite, il est à la fenêtre : un combi de la police fédérale est garé devant la maison. Un flic, le fusil-mitrailleur sur le ventre. Il se passe d'autres choses. On parle en bas. Tom retient sa respiration, ne se donne que le temps de penser : « Ils sont véritablement devenus cinglés ! », se tourne vers Thibaut, et lui dit :

– L'armoire de la salle de bains, cherche-moi la boîte de Dafalgan, vite.

– Papa leur parle, je veux qu'ils foutent le camp.

– Ils ne me prendront pas, Thibaut, je te promets.

Par le bas, on entend les voix d'hommes et l'on sent que cela tonne. Paul parlemente, mais qu'essaie-t-il d'obtenir ? Trois policiers, armés, dont l'un est demeuré en arrière près du combi, en accompagnent un quatrième : celui-là, en civil, est vêtu d'un blouson sous lequel apparaît la gaine d'une arme de poing attachée contre sa poitrine. Il est carré, les épaules larges où se plante un cou court, et sa tête fait penser à celle d'un marchand de volailles, le visage rasé de trop près, les orbites qui roulent, et les cheveux ras. Il a produit sous les yeux de Paul ce mandat d'amener, au nom de Tom, portant le double en-tête fédéral de la police et du centre médical, et il ne comprend pas que ce petit homme, dans l'entrée de sa maison, trouve des remarques à lui opposer. Il s'impatiente, répond : « Si votre fils s'était présenté spontanément à sa convocation, comme n'importe qui, on n'aurait pas eu à venir le chercher », ne saisit rien de ce que Paul lui répond. La peste soit des bavards, des réfractaires et des argumentateurs ! Comme le métier serait commode si tout le monde s'en tenait à la lettre des documents officiels…

Pour finir il écarte Paul et – « Lacombe, Lucien, avec moi ! » – il s'engage dans la salle à manger de pierre bleue. Ayant indiqué à ses hommes d'inspecter le rez-de-chaussée, il marche rapidement vers l'escalier, grimpe à l'étage, ouvre une porte, puis une autre.

Soudain, dans une pièce à deux lits, éclairée par une fenêtre allant sur la rue, il se retrouve face à un petit garçon de huit ans que la peur semble tétaniser. L'officier regarde à peine l'enfant, touche les draps du premier lit, puis du second. Les deux lits sont encore chauds. Il se tourne vers Thibaut et demande d'une voix métallique :

– Où est-il ?

Incapable de prononcer un seul mot, le petit garçon fait un geste, simplement, pour dire « Je ne sais pas ». Le policier le regarde quelques secondes au fond des yeux, et dans ce regard passe tout le poids des petits-fils armés de la Colère et de la Haine, puis il appelle :

– Lacombe, Lucien, par ici !

Lorsque ses hommes entrent dans la chambre, Paul sur leurs talons, il dit :

– Les draps sont encore chauds, cette canaille ne peut pas être loin, nous le tenons. Les armoires, les lits, cherchez partout.

Puis il se retourne vers Thibaut qui s'est réfugié auprès de son père, et lui crache deux mots :

– Petit con !

La devise du peuple des serpents…

Une journée pareille, en football, ne porte pas de nom : personne ne gagne, mais on ne parle pas d'un match nul, et presque tout le monde regrette le prix de son billet.

Au marché du matin a succédé un cortège patriotique et religieux dans quatre rues de la ville. Et les gens prennent à midi le repas de midi.

La Terre entière est parcourue de camions que le ciel regarde faire. Les oies s'enlèvent, les téléphones remplissent leur fonction. Que faut-il que nous fassions ?

Pour s'être éloigné dans le village, et avoir fumé sa cigarette face à la tombe de son père, hors saison, il faut que Paul se trouve bien seul, et se sente avoir bien froid.

Dans quel maquis Tom est-il replié ?

Jusqu'à la nuit les choses lasses ont assis leur durée.

Une nuit comme Tom les trouve belles, toutes d'ouvertures et de vents dans les marées.

Il sait depuis toujours que les camions servent à mieux traverser les frontières ; les oiseaux migrateurs, à déléguer les tentatives ; les arbres, à donner du refuge. Ça servira.

Il doit être vingt-trois ou vingt-quatre heures lorsque, revenu d'avoir passé le jour Dieu sait où, Tom rejoint le petit bois derrière la maison de son père, et pousse la porte, celle du jardin, en lui soufflant de ne pas grincer.

Il se glisse dans l'escalier puis, ayant aperçu de la lumière, entre dans la salle à manger où son père a fait du feu. Paul est assis, à fumer, à la grande table, un verre de rhum sous la main et, voyant Tom, il le regarde arriver, sans rien dire. Y a-t-il dans ses yeux plus de colère, ou de lassitude, ou plus de remords, ou plus de fierté ? ou plus grand-chose, que le temps périmé d'un homme silencieux…

Tom sourit, hésite une seconde à se tourner vers son père ou le feu, puis il dit « Je crève de faim ! », passe dans la cuisine, et revient avec du fromage et du pain.

Il s'assied à la table, à côté de Paul qui ne dit rien parce qu'il a bu du rhum, ou que ses idées ont brûlé pendant l'après-midi, ou je ne sais pas pourquoi.

Tom s'est fait des tartines, et les mange une par une, puis une pomme, puis il dit à son père :

– Toi, tu as l'air plus abîmé que moi.

De son paquet, Paul a retiré la dernière cigarette, et l'allume. Et, voyant du coin de l'œil que son fils persiste à lui sourire, il se laisse gagner, sourit aussi, et branle de la tête comme un bougre.

– Ah ça, Papa, je t'aime bien.

Tom a le temps. Il quitte la table, regagne sa chambre. Il sait que son père mettra une demi-heure pour monter se coucher à son tour.

Après, Tom a le temps.

Il s'est assis au bord de son lit et regarde Thibaut dormir dans la pénombre. En lui, si tout s'apaise, remonte le long dessin des remous qui se sont enfilés l'un à l'autre depuis le jour où il a eu seize ans. Peu importent les cachettes où il a marché aujourd'hui, ni les causes, les raisons. Seulement, tous ces lieux qu'il connaissait et traversait chaque jour sans avoir la vraie idée de leur valeur, les couloirs dans l'école où reste un parfum de Tite-Live, de bois, de craie depuis cent ans, et les trottoirs de la ville allant tous à côté de la Meuse, et la forêt de Durnal, le café de la Place à Purnode, l'un après l'autre, ces lieux, tellement familiers qu'on ne se rend compte de rien, sont devenus d'un seul coup toxiques et frelatés. Tom se dit que, s'il se rend, s'il se résout à prendre cette balise dans la mâchoire, le moindre bout de rue ou le plus petit coin de forêt seront pollués, contaminés, sous le regard immonde des satellites. Et que, s'il ne se rend pas, il ne sera nulle part en sûreté : même un simple bureau de poste, une cour de récré, deviennent des pièges où ils viendront le chercher. Même sa chambre.

Il regarde Thibaut dormir, et dans l'escalier il entend le pas de son père qui, d'avoir connu trop d'inquiétudes, s'étendra sur son lit, tel qu'il est, sans même ôter sa veste, et dans dix minutes se sera endormi d'un lourd sommeil de brute.

Dans sa chambre Tom allume la lumière et se dirige vers son armoire d'où il retire un petit sac en toile forte. Il y glisse un peu de linge, quelques objets de toilette, une boîte de Dafalgan, puis : un couteau suisse, une boîte d'allumettes, son appareil-photo, son livre préféré.

– Tom ?

C'est Thibaut, que la lumière a éveillé. Il s'est redressé dans son lit, et parle d'une petite voix lente, les yeux remplis de sommeil.

– T'étais allé où, Tom ? Ils t'ont pas trouvé ?

– Non, Thibaut, ils ne m'ont pas trouvé, je m'étais trop bien caché.

Thibaut a l'air d'un petit garçon qui aurait perdu sa route et qui cherche ses mots sans être sûr qu'il va la retrouver.

– C'était une journée horrible ! Tu partiras plus, Tom ?

Son grand frère se tient près de lui, avec son sac de toile dans la main, et il répond doucement :

– Je serai obligé de me cacher encore. À cause d'eux il faudra que je change de cachette tout le temps pour qu'ils ne me trouvent pas.

– Mais pas longtemps ? Tu partiras plus te cacher longtemps ?

– Je ne sais pas, je voudrais qu'ils m'oublient, qu'ils me lâchent, ou qu'ils me disent que, ça va, c'est bon, je ne serai pas obligé de porter leur puce à la con. Mais avant qu'ils me le disent, je ne sais pas le temps que ça prendra.

Sans avoir tout compris à cette histoire de puce, Thibaut fait son petit chemin dans les événements, comme un bateau près des côtes, qui ne connaîtrait qu'à moitié le nom des bancs de sable ou les feux de la falaise.

– Ou bien t'as qu'à te cacher dans la maison ou le jardin et je t'amènerai à manger !

– C'est justement ici qu'ils reviendront tous les jours, et ils me chercheront même dans les armoires. Je te promets, Thibaut, je ne veux pas qu'ils me prennent, et ils ne me trouveront pas. Donc pour ça je dois aller me cacher mieux. Quelque part où ils ne sauront jamais que je suis.

Thibaut, engourdi par la fatigue et tout ce brouillard, n'a pas une conscience claire de ce que Tom lui répond. Voilà bien les instants de demi-brume qui, à défaut des entendements, favorisent les fraternités : le petit garçon dans son pyjama bleu se lève et, sur le parquet, au pied de son lit, prend un livre qu'il tend à son frère.

Tom caresse la couverture : *Le merveilleux voyage de Nils Holgersson à travers la Suède*, et d'un coup sent un long frisson lui faire monter de l'eau dans les yeux. Thibaut s'est recouché dans sa jolie couette, et Tom lui dit :

– Ça me fait hyper plaisir ! Mais il va te manquer.

– Pas grave. T'en auras plus besoin que moi parce qu'il a plein de bonnes idées pour se cacher, faire du feu dans les montagnes… Toute façon, Papa m'a dit qu'il le connaît par cœur, alors il aura qu'à me raconter.

– Thibaut, c'est trop bien ! Attends.

Tom récupère son appareil-photo et tend à Thibaut le rouleau de pellicule :

– Moi, je te donne ça. C'est le film qu'on a fait sur l'île avec Papa, et je l'ai terminé ici. Tu l'amènes à développer, tu gardes les photos. Comme ça tu me les montres quand je reviens !

Longtemps, jusqu'au bout, sans que jamais le souvenir ait tremblé, Tom se sera rappelé ces minutes avec Thibaut, comment il a ouvert le livre à la page 318, à l'endroit où Nils rêve qu'il marche sur la route et que les plus beaux arbres de la Suède marchent à côté de lui mais s'arrêtent au fur et à mesure qu'on remonte en Laponie ; et comment Thibaut s'est rendormi paisiblement ; et comment lui, Tom, a fini de boucler son paquet, et embrasse son petit frère avant d'éteindre la lumière et de se glisser dans le couloir, l'escalier, la fin de la maison endormie. Et comment il s'est laissé boire dans la grande rivière en feutre de la nuit : l'amie des petits, la maîtresse des grands.

Une conséquence fut imputée à Tom, et à son départ, dans les limites de la ville : la porte du Centre médical fédéral avait été fracturée, le matériel servant aux greffes mandibulaires avait été détruit, et six boîtes de micro-processeurs au silicium avaient disparu.

Ensuite ce fut le silence.

Tom n'est pas du genre à laisser traîner des enveloppes derrière lui.

Vingt jours ont passé.

La vie distribue les cartes, puis chacun s'en arrange. Et s'il reste quelque chose des anciennes façons de voir, le ciel les abrase.

Le ciel fait passer sur toute chose sa haute lime, égalise la terre, cautérise les souvenirs, et rentre les voitures aux garages.

Comme les oiseaux, les hommes s'arrangent des grands vents et des cartes qu'on leur a données : les uns s'éloignent sur des routes imprescriptibles en négociant avec les tramontanes ; les autres ne bougent pas, remontent le col de leur veste, et subissent l'hiver sous la limaille.

Tom n'a pas donné signe en trois semaines : vingt jours de silence et de peur blanche pour quelques-uns, à se réveiller chaque matin sous la colique, sans avoir dormi.

On ne parle qu'à demi, on accomplit d'immenses détours pour n'avoir pas à regarder « cela » dont on redoute les feux sombres et qui pourrait un jour, plus tard, bientôt, porter le difficile nom de « faute ».

Anne a retourné la question mille fois. Surtout la nuit, les yeux tout ouverts. Elle se remémore les paroles de Tom l'une après l'autre et se mortifie de les avoir entendues avec légèreté, sans comprendre ce qu'elles avaient de sérieux. Tom avait tout dit : pourquoi ne l'avait-elle pas écouté ?

Parce qu'il s'agissait de le faire obéir à la loi? Que l'obéissance aux lois n'est pas négociable? Tom avait dit qu'il n'en voulait pas! Mais des millions d'Européens adultes reçoivent sans que ça leur pose un problème, et continueront de recevoir, leurs quatre millimètres carrés de silicium. Alors pourquoi Tom, tout seul?...

Paul s'est muré, n'a plus ouvert sa porte ni répondu au téléphone, et Anne s'est retrouvée sans ami de bon sens, ni personne à qui parler de sa peur.

Alors, si chaque nuit grince de ces vacarmes coupants, elle retrouve ses hommes, ses amants, et leurs empoignements. Georges, une nuit. Une autre nuit le jeune Guillaume, qui vient d'être nommé au district. Une autre nuit, c'est égal, ensemble Georges et Guillaume, pourvu qu'ils la fassent crier d'autre chose que de remords et d'angoisse. Ils s'y prennent bien et elle baise comme Paul boit: pour s'abrutir, et ne plus entendre le vent brasser la tête des arbres avec toutes ses histoires et ses reproches.

Sur d'autres pistes Ariane se donne à d'autres oublis.

Reste Thibaut. Dans sa longue tristesse de petit garçon, vingt jours d'automne sous le niveau de la mer, il possède la seule chance que les autres n'ont pas: les trente-six photographies que Tom lui a données, qu'il a fait développer sans le dire, et qu'il garde dans une poche de son cartable.

Bientôt il achètera un cahier. Il collera une photo sur chaque page dans le bon ordre: d'abord celles de l'île, avec la photo où on le voit, lui, Thibaut, tout près du phoque, et celle du feu sur la plage le soir (Thibaut la trouve belle, même si on n'y voit qu'une grosse boule rouge allumée devant la nuit) ; puis d'autres photos, de Paul, et encore de Thibaut, et d'Anne près de sa maison ; puis celles d'Ariane : même deux, où elle est toute nue. Mais la seule qui intéresse vraiment Thibaut est la photo où l'on voit Tom, près d'Ariane, devant la Meuse.

Il collera les photos dans le cahier, gardera le cahier dans son cartable chaque jour, en-dessous de son oreiller chaque nuit. Pour quand Tom reviendra.

Le samedi 8 décembre.

Ce soir le ciel est verseau, ascendant nord-ouest. Des rafales cavalent comme pour nettoyer le versant de toutes les collines jusqu'au Piémont, de peur que les maladies se déclarent.

Pour tout le monde les jours sont devenus des rubans de mastic, et les soirs ils durcissent.

Dans la grande maison de ses pères, Paul n'allume plus qu'une lampe sur trois, et les feux de la cheminée attendront les prochains équinoxes. Autour, Satan contre le bon Dieu, ou les dieux de l'automne entre eux, jouent des parties de Stratégo dont on aimerait qu'elles se fassent ailleurs, et la Terre s'éteint.

Il est environ sept heures. Thibaut mange en silence une petite assiette d'omelette aux pommes de terre et, face à lui, Paul est assis, les yeux nulle part, et touchant du doigt un verre de vin rouge.

Quand les météores grandiloquents sont de sortie, on penserait que tous les humains se retranchent et que les routes sont vides ; pourtant, soudain, à l'intervalle des vents, quelqu'un frappe à la porte. La porte d'entrée !

Thibaut lève les yeux vers son père, puis traverse la salle-à-manger pour ouvrir, et une jeune fille aux yeux noirs, aux cheveux noirs, dans un manteau bleu, paraît dans la pénombre de la pluie : Ariane !

Elle entre, à la façon des princesses de la timidité : sourit à Thibaut qui referme la porte, et s'approche de la table où Paul est assis.

– Bonsoir, Monsieur.

À peine si Paul tourne la tête de son côté. Elle porte à la main son casque de mobylette et se tient très droite au milieu de la pièce. On devine qu'il lui a fallu du courage pour prendre la route, entrer dans la tempête, et elle s'aperçoit qu'il lui en faudra encore pour…

– Je suis venue pour vous demander si…

Thibaut s'est avancé à côté d'elle et, comme Paul ne la regarde pas et ne répond rien, elle hésite s'il vaut mieux qu'elle s'adresse au petit garçon. Dans la tristesse gothique de cette maison, tout lui semble soudain si difficile et si vain !

– Je suis désolée, je ne veux pas vous déranger.

– Si c'est pour Tom, il est pas là, dit Thibaut.

– Je sais. Je suis venue demander si je peux… si je peux reprendre une écharpe, que je lui avais prêtée, parce que c'est une écharpe que…

Thibaut regarde Ariane tristement. Une écharpe ? c'est tout ? Il se tourne vers son père, et Paul, d'un geste fatigué de la main, indique l'étage, comme pour dire : « Vas-y, donne-lui cette écharpe, et qu'elle s'en aille. »

– Une écharpe comment ? demande Thibaut.

– Grise, et bleue. C'est une écharpe que…

Mais, comme le petit garçon tourne les talons et s'engage dans l'escalier, sans aucun désir de connaître l'explication, elle garde pour elle cette phrase inachevée. Tout le temps que Thibaut cherche, Ariane demeure droite au milieu de la pièce, son casque à la main, sous les yeux froids de Paul qui, maintenant, la regarde.

Que durent-ils, ce silence et ce regard étrange ? Un temps ? deux temps, et la partie d'un temps ? Il semble qu'en Paul un œil de mercure s'est allumé, allant vers le bras, l'épaule d'Ariane, vers le cou. Combien de temps ?

On dirait, lorsque Thibaut redescend, que trois hivers ont eu lieu.

Ariane passe la main dans les plis de son écharpe et, troublée au plus profond, demande à Thibaut :

– De Tom, vous n'avez pas encore eu de nouvelles ?

– Ben non.

Elle hésite. Elle voudrait demander encore, moitié pour savoir, moitié pour donner l'air de ne pas s'enfuir, juste après l'écharpe... Elle dit, et c'est un murmure :

– Vraiment, vous ne savez pas où il est ?

Thibaut écarte ses bras, les fait retomber, et répond :

– Juste quand il est parti il a dit qu'il irait se cacher là où personne le trouverait.

– Thibaut !

C'est Paul, qui vient de s'exclamer. Il s'est levé, sa voix tremble quand il dit :

– Répète ça ! Tom a dit quoi ?

Tout surpris, et de l'air de quelqu'un qui a fait une bêtise mais qui ne sait pas encore laquelle, Thibaut répète :

– Ben, il a dit qu'il se cacherait, et que personne ne saurait où il se trouverait.

Paul est devenu fébrile, comme si d'un coup de grandes eaux venaient en lui de se relâcher. Il parle, ses mains tremblent, Ariane le regarde, et il dit :

– Venez avec moi, nous partons ! Thibaut, tu prends tes affaires, ta brosse à dents, je te conduis chez ta mère. Vous, Mademoiselle, je vous emmène si vous le pouvez.

Ariane et Thibaut se regardent. Mais Paul a déjà revêtu son manteau, et trouve dans sa poche les clefs de sa voiture.

Quinze minutes plus tard ils sont à Durnal. Anne ouvre une porte, ébahie, juste vêtue d'un peignoir de coton bleu. Et Paul ne dit que trois mots :

– Je vais chercher Tom. Je te laisse Thibaut cette nuit. J'emmène Ariane.

Anne, d'une main sur la poitrine, garde fermé son peignoir, et pose l'autre sur les mots de Paul.

– Tu vas chercher Tom ? Où est-il ?

– Et si c'était en Normandie ? Ne compte pas sur moi pour te dire un mot de plus. Je vais le chercher, ce ne sera pas pour te le rendre.

– Paul, arrête, dis-moi au moins…

– Rien. J'y vais.

– Tu emmènes Ariane ?

Thibaut s'est glissé près de son père, et il lui donne des yeux immenses :

– Papa, tu vas vraiment chercher Tom ?

– Oui, bonhomme, vraiment. Souviens-toi : il est là-bas, et personne ne sait qu'il y est. C'est facile ! Mais ne dis rien, va dormir, puis tu verras, demain.

La route vers Ameland est une longue ligne bien droite qui semble avoir été faite pour ça : pour retrouver des oiseaux, des choses belles, et des fils éloignés. Comme sur un labyrinthe dont il aurait la solution, Paul glisse dans la lumière des autoroutes et la plaine basse puis, derrière la digue de l'Ijsselmeer, il entre en Frise et embarque à Holwert sur le dernier bateau pour Ameland.

Ariane et lui n'ont pas échangé plus de vingt mots en deux heures de route : trois explications nécessaires. La nuit a fait le reste, le vent galopait à côté de la voiture, et la pluie recousait l'une à l'autre vingt-huit belles tranquillités.

Il ne faut à Paul et Ariane, sur l'île, que cinq minutes pour rejoindre l'auberge. Les averses ont faibli, et le temps semble entrer dans une zone qui n'a pas reçu de vrai nom. Invisibles, comme une poudre qu'on aurait semée sur toute la mer, se répartissent les sternes et les bécasseaux, les bernaches paissant la bruyère.

Le patron de l'auberge ne semble pas autrement surpris de voir Paul. Et les deux mêmes hommes qu'en novembre, à la table de gauche, se retournent, un coude sur le dossier de leur chaise. Dans un français remarquable, accentué de frison, l'aubergiste dit à Paul et Ariane :

– Ah, vous cherchez le garçon…

Paul sourit à l'homme et lui répond :

– Il nous manque beaucoup.

– C'est vrai, c'est vrai… Nous l'aimons bien !

Émue d'entendre parler de Tom en quelques mots solides et francs, par ces personnages considérables au bord de la mer, Ariane referme les bras contre elle : un frisson lui traverse les reins, puis elle murmure :

– Où est-il ?

*

Ariane et Paul, ayant quitté l'auberge, s'éloignent sur le petit chemin de la lande. Autour d'eux remue l'air marin, le vent d'Islande, et la nuit leur fait signe de ne plus avoir peur : ils marchent au bord de l'Europe.

À huit cents pas devant eux, près de la mer, brûlent trois feux, et un quatrième dans la bruyère. On aperçoit l'ombre d'un garçon aller de l'un à l'autre.

– Voilà, Thibaut, nous avons retrouvé Tom près des feux. Nous avons parlé avec lui, très longtemps ; Ariane et moi, nous voulions qu'il revienne, nous étions si heureux de le revoir ! Mais il disait que ce n'était pas possible, à cause de l'empucelage. Il disait : tant que l'empucelage existera, il n'y aura pas de place pour lui dans ces pays-là. Nous avons parlé très longtemps, il demandait si tu allais bien, et disait que chaque jour il relisait ton livre au point de le savoir par cœur, et que ça lui donnait énormément de courage.

Puis, soudain, comme nous parlions avec lui, nous avons vu les feux bleus d'une voiture de la police des Pays-Bas clignoter sur la limite du village, et peu de temps après quatre policiers ont marché jusqu'à nous. Tom nous regardait, plein de colère, mais nous ne comprenions pas ce qui arrivait.

Tom, lorsque nous avons eu les policiers face à nous, était comme un renard prêt à faire quelque chose. Et je me suis senti, moi aussi, perdu, comme si je retombais au fond d'une crevasse.

Ils nous ont parlé, ils étaient tous les quatre plus polis que ceux qui étaient venus ici, mais ils venaient tout de même pour chercher Tom, et je me suis dit que tout cela se terminerait vraiment très mal.

– Mais comment savaient-ils que Tom se cachait là ? Normalement personne ne le savait !

– À cause d'Ariane, même si ce n'est pas vraiment de sa faute. Elle a un an de plus que Tom, donc elle a été empucelée. Quand je t'ai conduit à Durnal, ta mère a vu que je l'emmenais pour retrouver Tom : ce n'était pas compliqué pour elle de donner un coup de téléphone pour nous faire suivre par satellite, avec la balise dans la tête d'Ariane. J'aurais dû y penser, je m'en veux de ne pas avoir été prudent.

Toujours est-il que nous nous trouvions là, près des feux de Tom, et je pensais vraiment que c'était fini pour lui : la mer d'un côté, les policiers de l'autre, je ne voyais pas du tout comment il allait pouvoir s'en sortir.

À ce moment, les hommes de l'auberge sont arrivés. Le patron, et les deux autres hommes qui restaient assis toujours à la même table. Ils avaient leur très grand chien avec eux. Ils ont parlé aux policiers. Nous ne comprenions pas, mais ils nous ont expliqué plus tard ce qu'ils leur avaient dit : qu'il était un peu tard, cette nuit, pour emmener Tom ; qu'ils n'avaient qu'à revenir le lendemain matin, et que les choses auraient alors lieu de façon régulière. Tom, disaient-ils, n'avait quand même pas les moyens de s'échapper de l'île pendant la nuit…

Les policiers nous ont salués, comme s'ils voulaient nous souhaiter bonne chance, et j'ai compris qu'il n'avait pas fallu beaucoup insister pour les convaincre de se retirer. Je crois qu'ils savent très bien ce qui se passe sur cette île, et que ça ne les ennuie pas de fermer parfois les yeux.

Nous sommes retournés à l'auberge, Tom, les hommes, Ariane et moi. Nous avons bu du porto, et encore beaucoup parlé. Puis nous sommes allés dormir quelques heures. Moi dans une chambre, Ariane et Tom dans une autre.

Quand je me suis réveillé, que je suis descendu à la salle à manger, Ariane buvait une tasse café. Elle m'a dit que Tom avait quitté l'île très tôt ce matin. Et j'ai bien vu qu'elle n'avait pas dormi.

Ce sont les hommes qui m'ont expliqué. Cette loi de l'empucelage est une tyrannie, et…

– C'est quoi, une tyrannie ?

– Une grande violence, et certains hommes ne l'acceptent pas.

– Comme Tom ?

– Oui. Alors ces hommes s'enfuient, cherchent un refuge, une cachette, un pays qui leur permettra de vivre en sécurité. Les hommes de l'auberge m'ont dit qu'il existe des capitaines, des bateaux, pour chercher les femmes ou les garçons tels que Tom et les mettre à l'abri. Que cela s'organise peu à peu. Que l'auberge, et l'île d'Ameland, servent à ce travail. En ce moment, Tom se trouve sur un petit bateau de pêche, en route vers l'Islande.

– Elle est où, l'Islande ?

– Au nord de l'océan. Là où Tom est sûr que les policiers le laisseront tranquille.

– Mais il sera tout seul, il va s'ennuyer !

– Les hommes de l'auberge m'ont dit que, depuis trois ans, ils ont fait passer neuf cent dix-huit personnes, des Allemands, des Italiens, des Belges, des Français, qui refusent de vivre dans l'Europe des banquiers, des bandits, des policiers, des Berlusconi. Tom doit être presque le millième. Et je suis sûr qu'en Islande, sûrement, la terre est bleue.